Y2. 672.

(Par Anne - A.- Ph.
de Chubières de Grimoard
de Pestels de Levy, comte
de Caylus ;)
d'après Barbier.

C.

FÉERIES

NOUVELLES.

TOME PREMIER.

A LA HAYE.

M. DCC. XLI.

AVERTISSEMENT.

LA plupart des Auteurs qui veulent avoir l'honneur de l'être malgré eux, se plaignent ordinairement qu'on leur a volé leur Ouvrage. Si l'Auteur de ces Contes faisoit les mêmes plaintes, elles seroient fondées. Le Manuscrit a réellement été volé, & c'est moi qui ai fait le coup; je ne prétens pas pour cela être regardé comme voleur, je suis seulement Plagiaire en gros, cela me paroît plus honnête que de l'être en détail, comme tant

d'autres. Il y a quelques-uns
de ces Contes qui auroient
eu besoin de quelques chan-
gemens, & le dernier n'est
pas achevé. J'aurois bien pro-
posé à l'Auteur d'y mettre la
derniere main; mais j'ay
craint qu'au lieu d'avoir cette
complaisance pour moi, il
ne m'eût fait restituer le tout;
& il me semble que s'il est
beau d'être honnête homme,
il est inutile de voler pour
rendre. C'est ce qui fait, Ami
Lecteur, que vous aurez les
choses comme je les ai pri-
ses; pour peu que mon ac-
tion demeure impunie, cela
m'engagera à faire mieux,

c'eſt-à-dire , à des vols plus conſiderables. Adieu , achetez ; liſez ; & ſi vous vous ennuyez , ce que je ne prévois pas , croyez que vous avez tort.

TABLE DES CONTES
contenus dans le premier Volume.

LE

LE PRINCE COURTEBOTTE,

ET

LA PRINCESSE ZIBELINE,

CONTE.

IL étoit une fois un Roi & une Reine d'une sottise demesurée, mais qui s'aimoient prodigieusement. Il ne pouvoit y avoir dans le monde que les flateurs de leur Cour qui ne dissent pas que leur amour étoit une preuve de leur sottise mutuelle. Tels qu'ils étoient, ils étoient Rois, & pour lors tout va bien, tout est bon; d'autant mieux que dans

Tome I.   A   les

les tems de Féerie, les Princes n'avoient point d'affaires plus essentielles, que celles de se bien gouverner avec les Fées & les Génies; de leur donner des gâteaux, quelques aunes de rubans, & autres menues bagatelles de cette espece. Il leur falloit surtout avoir un peu de memoire pour ne point oublier d'inviter aux couches d'une Reine les Fées ou les Génies, bons ou mauvais. Ils étoient encore obligés de prendre bien garde de ne point mécontenter ceux ou celles qui aimoient à faire du mal; avec ces sortes d'attentions tout étoit fait, un Royaume étoit bien gouverné. Aussi depuis le tems que la Féerie est un peu tombée, les Rois d'à présent gouvernent-ils par eux-mêmes; ils ont tous de l'esprit, de la con-

noissance

noiſſance des affaires, de la capacité ; & ſurtout, ils s'attachent
à connoître le cœur humain.

La Reine devint groſſe. Elle
employa tout le tems de ſa groſ-
ſeſſe à compoſer une Liſte des
noms de toutes les Fées qu'il lui
fut poſſible de raſſembler. Il y
en avoit un grand nombre dont
on n'avoit jamais entendu parler.
Tous les Sujets du Roi eurent
ordre, ſous peine de la vie, de
donner les noms de celles qui
leur étoient connues, & l'on
avoit grand ſoin d'écrire leurs
déclarations. Mais tous les Corps
du Royaume que l'on conſulta
ſur cette grande affaire, ne furent pas à beaucoup près traités
avec autant de conſideration que
celui des nourrices & des vieilles
mies ; & ce fut à juſte titre, à
cauſe de leurs grandes connoiſ-

ſances,

fances, & de leur profonde érudition. Elles furent donc admifes au Confeil , & donnerent toutes leurs avis, avec les détails, les diffufions, & les obfcurités qu'on leur a connus de tout tems.

Le tems des couches arriva, & la Lifte de tous les noms qu'on avoit pû recüeillir , rempliffoit (quoique de petite écriture) un des plus gros volumes *in-folio*, pour lequel on avoit fait dreffer un grand pupitre fur une eftrade au pied du lit de la Reine ; & le tout reffembloit affés à un Lutrin.

Au moment que l'on s'en doutoit le moins, les douleurs prirent à la bonne Reine, & ce fut précifément entre minuit & une heure. Le Roi pour lors étoit dans fon premier fomme ; mais elle accoucha fi promtement,
(quoique

(quoique l'on fût bien assûré que
ce fût son premier enfant, &
qu'aucune Fée ne l'eût secourue,)
que le Roi qui avoit été averti dès
l'instant des premieres douleurs,
& qui couchoit dans une chambre
séparée par une simple cloison de
celle de la Reine; que le bon Roi,
dis-je, n'eut que le tems de mettre son petenlair & ses pantoufles, & d'accourir encore tout
endormi. Malgré cette diligence,
il trouva la Reine accouchée ; il
courut au pupitre, & monta les
degrés si fort à la hâte, que l'histoire rapporte qu'il laissa une de
ses pantoufles en chemin. Que
de besogne à faire pour un sot !

Le voilà donc juché devant
son grand Livre, tenant son mar-
tinet à sa main. Le voilà donc
criant à tuë-tête : » Je vous con-
» jure & vous prie, Fée une telle,
» Génie

» Génie un tel, de m'honorer de
» votre vifite, & de venir doüer
» mon enfant. « Il fe preffoit fi
fort, & il étoit fi prodigieufement
émû, qu'il ne prononça pas trois
noms comme ils étoient écrits.
D'un autre côté la Reine s'égo-
filloit à force de crier : » Que
» l'on apporte mes gâteaux ; que
» l'on arrange mes préfens ; pre-
» nez cette clef, ouvrez cette
» armoire, & tenoit mille pro-
» pos femblables. « Enfin l'on
ne fçavoit dans cette chambre
auquel entendre. Heureufement
que le tems de ces fortes d'invi-
tations étoit limité ; car les attentions de la Reine, qui de tout
tems avoit été fertile en ordres
inutiles & fouvent répetés, n'auroient pû finir, non plus que la
lecture du Roi, le plus grand
ânoneur qui fût jamais, avant
que

que leur petit garçon eût été en
état d'être sevré ; (car c'étoit un
Prince que le Ciel leur avoit donné,) article de joie qui n'avoit
pas peu contribué à démonter la
pauvre tête du Roi.

Quoique le tems de l'invita-
tion ne dût être que d'une de-
mie-heure au plus, le Roi emploïa
deux grandes heures à lire dans
son grand Livre, quelque chose
que l'on pût lui dire, & cependant
il n'étoit encore qu'à la troisiéme
page. Enfin on le fit appercevoir
que plusieurs Fées ou Génies
l'attendoient dans la grande sale
du Palais, & qu'ils s'impatien-
toient de ne voir personne pour
faire les honneurs & les recevoir ; il courut dans l'équipage
indécent dont j'ai déja parlé, fit
à tout ce qu'il trouva de Fées
dans la sale, cent excuses, & leur

A 4   de-

demanda leur protection. Prefque toute l'affemblée fut touchée
de fon extréme foumiffion, & lui
promit de ne faire aucun mal à
fon fils ; ils l'affurerent tous qu'il
parviendroit à une grande vieil-
leffe , & qu'il joüiroit à un certain âge de tout le bonheur ima-
ginable. Mais pendant la lecture
du Roi, une Fée négreffe, dont
il avoit écrit le nom en lettres
majufcules dans la crainte de
l'oublier, & dont jamais perfonne n'avoit entendu parler, ayant
été nommée des premieres , arriva auffi des premieres dans la
grande fale. Ennuyée d'attendre,
& piquée de n'avoir pas été com-
plimentée à la defcente de fon
grand coco fur lequel elle étoit
venuë du fond de la Guinée :
» Lis toujours, dit-elle entre fes
» dents, ton fils n'en fera pas plus
» grand ;

» grand ; lis toujours , il ne fera
» qu'un Courtebotte. « Elle auroit fans doute continué la lita-
nie des défauts qu'elle lui vouloit donner , fi la bonne Guerlinguin, qui protegeoit particuliere-
ment le Royaume & la famille
royale , ne fût accouruë d'elle-
même , fans attendre le moment
de fon appel , & n'eût conjuré la
Négreffe de moderer fa mauvaise
humeur , ce qu'elle fit avec peine. Enfin, elles reçurent toutes
leurs préfens , rendirent vifite à
la Reine , & retournerent chacune à leurs affaires.

Quand tout le monde fut parti,
Guerlinguin s'approcha du lit de
la Reine , & dit au Roi : » Vous
» n'avez rien fait de bien , tout a
» été de travers ; pourquoi n'a-
» vez-vous pas daigné me con-
» fulter ? mais les fots font tou-

A 5   » jours

» jours méfians : vous ne m'avez
» feulement pas invitée , moi
» dont vous connoiffez les bon-
» tez : Ah ! Madame , dit le Roi
» en fe jettant à fes pieds , ai-je
» eu le tems de lire jufqu'à vous ?
» Voyez, en lui montrant la mar-
» que , fi je n'en fuis pas refté au
» commencement. Je ne fuis pas
» piquée , lui dit elle , de n'avoir
» pas été invitée , je ne prends
» pas garde à ces fortes de baga-
» telles avec les gens que j'aime,
» fans cela , je n'aurois pas fauvé
» bien des malheurs à votre fils;
» mais j'ai des vûës fur lui , je
» dois vous l'enlever , & vous ne
» le reverrez que tout *couvert de*
» *fourrure.* » A ce mot que le Roi
& la Reine ne pouvoient comprendre dans un climat auffi
chaud que celui qu'ils habitoient,
ils fondirent en larmes. Guerlinguin

guin leur dit de ne se point affliger, qu'elle avoit été assez bonne
& assez complaisante pour laisser
élever le Roi par ses pere & mere, qui l'avoient gâté, & si bien
gâté, qu'ils n'en avoient fait
qu'un sot; mais qu'elle ne vouloit pas qu'il en fût de même de
leur fils; qu'ils ne devoient s'em-
barrasser de rien autre chose,
que de gouverner sagement leur
Royaume. Après elle ouvrit la
fenêtre, mit le petit Prince dans
un panier, & se donnant du ta-
lon dans le derriere, elle glissa
sur les airs comme elle auroit pû
faire avec des patins.

Le Roi & la Reine furent pé-
nétrés d'une douleur inconceva-
ble; ils se voyoient séparés d'un
fils qu'ils avoient été si long-tems
à faire : ils s'occuperent des dernieres paroles que leur avoit dit

A 6　　Guer-

Guerlinguin : Vous ne le verrez, nous a-t-elle dit, que *tout couvert de fourrure* ; l'on confulta tout le monde pour s'en inftruire ; car les confeils font le fort de ceux, ou qui ne peuvent prendre de parti, ou qui n'ont point de connoiffance ; mais tous les confultés ne purent inftruire les gens intereffés. On opina donc, & l'on fe perfuada aifément, vû la difpofition où l'on étoit, que des fourures devoient être une chofe affreufe. Le Roi & la Reine prirent donc à la fuite de tous leurs confeils & de leurs réflexions, le fage parti de s'affliger tant, que cela faifoit pitié. Mais tout triftes & défœuvrés que fe trouvoient le Roi & la Reine dans leur Palais, ils ne purent fe réfoudre à donner de petits freres ou de petites fœurs à leur fils.

Revenons

Revenons au petit Prince. La
Fée l'emporta chez elle. Elle habitoit un bel & bon Château de
Campagne. En arrivant, elle ôta
à une jeune Païsanne, fraîche &
vigoureuse, l'enfant qu'elle nour-
rissoit ; & lui substituant le petit
Prince, elle lui fascina les yeux
au point, que la Païsanne le crut
toujours son propre enfant. Il
fut élevé par elle dans la basse-
Cour du Château ; mais à mesure
qu'il avançoit en âge, la Fée le
faisoit venir plus souvent auprès
d'elle, afin de cultiver en lui les
dons de la nature. Cette sage Fée
étoit bien persuadée qu'une éducation simple & naturelle du côté
de l'esprit, dure & fatiguante du
côté du corps, étoit le don le
plus essentiel qu'elle pût donner
à un Prince. Mais ce ne fut pas
à cette seule attention que se bor-
nerent

nerent celles qu'elle voulut avoir.
Elle réfolut de le former par les
traverfes , les peines de l'efprit ,
& la connoiffance des hommes.
Courtebotte avoit en effet befoin de tous les talens du cœur
& de l'efprit; car en augmentant
en âge , il ne parvint pas à une
haute ftature ; en récompenfe ,
il étoit agréable de vifage , bien
fait dans fa petite taille , & l'on
voyoit peu d'hommes plus ner-
veux & plus vigoureux que lui.
Il avoit dès fon enfance exercé
fon courage dans les Forêts ; &
plufieurs fois formé des troupes
de jeunes gens de fon âge , qui
lui avoient toujours déféré le
commandement , tant il eft vrai
que l'on fait prefque toujours
dans fon enfance , ce que l'on
doit faire dans un âge plus avancé. Les années fortifient les inclinations

clinations bonnes ou mauvaises ; mais leur principe est toujours indiqué dans la jeunesse.

Courtebotte n'ignoroit pas que le nom qu'il portoit, sans en connoître aucun autre, étoit un sobriquet qu'on lui avoit donné ; mais pour s'en consoler, il s'étoit promis cent fois de l'illustrer, & de le rendre recommandable. La Fée l'avertissoit souvent par des songes, qu'il devoit incessamment quitter un Pays où l'état d'une naissance aussi basse que la sienne, faisoit une sorte de reproche à l'élévation de son cœur. Ce fut la seule voye qu'elle employa pour lui inspirer tous les moyens nécessaires pour mettre à fin les p'us grandes avantures. Elle imprima fortement en lui la patience & la hardiesse, dont la réünion produit le sens froid ;

&

& l'assura plusieurs fois que tant
qu'il seroit vertueux , rien ne
pourroit lui manquer dans les
pays éloignés ; & pour le per-
suader davantage , quand elle le
faisoit venir auprès d'elle , elle
ne l'entretenoit que de Couron-
nes acquises par des gens de son
espéce , & de la réputation qu'ils
avoient obtenue par leur valeur
& par leur bonne conduite. La
tête remplie de toutes ces idées,
le cœur naturellement haut &
magnanime , & la taille des plus
courtes , il arriva un jour dans
une grande Ville voisine du Château de la Fée , l'ardeur de la
chasse l'avoit emporté jusques-
là. Il étoit monté sur un joli cheval Alzan , dont la Fée lui avoit
fait présent depuis peu. Il étoit
simplement vêtu , & n'avoit point
d'autres armes qu'un arc , des
fléches

fléches & un épieu ; mais toute
cette parure, quoiqu'un peu sau-
vage , avoit une grace merveil-
leuse sur sa personne. Il arriva ,
dis-je, au moment que tous les
Habitans de la Ville couroient à
la grande place pour entendre
ce que des Etrangers avoient à
publier. Leur cortege , leurs habillemens , & leurs équipages
bizares & inconnus dans le pays,
attiroient la curiosité. Tout le
monde couroit donc ; car on a
beau dire , on est badaud par
tout Pays.

Courtebotte courut aussi , &
se trouva fort près des Etrangers. Ils firent préceder la lecture qu'ils vouloient faire, par le
bruit de plusieurs Instrumens de
guerre. Quand les Fanfares furent finis, un vénérable Vieillard
à barbe retroussée derriere les
                    oreilles,

oreilles, lut à haute voix ce qui
suit :

Que toute la Terre sçache, que
quiconque pourra conquérir la
Montagne de glace, possedera non-
seulement la précieuse Zibeline,
belle entre toutes les belles, mais
encore tous les Etats dont elle doit
être Reine.

» Voici, dit-il, après ce cri-
» là, la liste de tous les Princes,
» qui, frappés de sa beauté, ou
» de celle de ses Portraits, ont
» péri en voulant mettre à fin
» l'entreprise proposée, & celle
» de ceux qui se sont nouvelle-
» ment engagés pour la conquê-
» te. » Courtebotte se sentit alors
animé du desir le plus violent
que la gloire ait jamais excité
dans un cœur. Il balançoit cependant, en reflechissant sur son
état, & sur le peu de ressource
qu'il

qu'il avoit ; mais au milieu de l'a-
gitation que lui causoient toutes
les pensées qui le venoient assail-
lir en foule, le Vieillard qui venoit de faire la lecture, après
s'être prosterné trois fois, dé=
couvrit une espece de litiere, &
fit voir à toute l'Assemblée le
Portrait de la belle Zibeline.
Courtebotte en fut si frappé, que
fendant la presse, & ne considérant plus rien, il demanda à s'ins-
crire. Tous les Etrangers appercevant sa petite figure, & la simplicité de ses vétemens, se regardoient entr'eux, & ne sçavoient
s'ils devoient accepter sa proposition, ou la refuser. » Donnez,
» leur dit-il d'un ton haut, don-
» nez que je signe : sçavez-vous
» qui je suis ? » On obéït ; mais
comme il étoit animé d'amour
pour le portrait, & de colere
contre

contre les Etrangers, il n'eut pas
le tems de choisir un autre nom
que le sien, & signa Courtebotte. A ce nom qui se trouvoit à
la suite de tant de Princes, l'é-
clat de rire des Etrangers fut
violent. » Coquins, leur dit-il,
» rendez graces au portrait dont
» la garde vous est confiée, sans
» cela.... Il n'en dit pas davantage, la modération le reprit;
il s'éloigna d'eux, en leur promettant de leur faire voir qui il
étoit, après toutefois avoir sçû
le nom du Pays de Zibeline, &
le tems auquel il falloit se rendre pour tenter l'avanture.

Courtebotte malgré son grand
courage, se trouva rempli de
tous les doutes qu'une pareille
entreprise auroit pû causer à tout
autre qu'à lui; mais comme il
étoit fort connu dans la Ville,
&

& qu'il avoit figné fon propre nom, que les Trompettes avoient répeté mille fois à la grande rifée de tout le monde, & que fes petits amis le vinrent féliciter en riant fur fes grandes entreprifes, il fe douta aifément que le bruit de cet évenement fe feroit répandu jufqu'au Château de la Fée : il n'ofa donc y retourner & fe préfenter devant celle qu'il croyoit fa mere, furtout après avoir foufcrit à l'efperance d'un Royaume & d'une belle Princeffe. Il dit adieu à fes petits amis & les embraffa, en les affurant qu'ils ne le reverroient que Roi & mari de Zibeline, ou qu'il mourroit à la pëine. Il partit fans s'embarraffer davantage de tous les propos que l'on tenoit dans le Pays fur fon entreprife. Les Provinces en
parlerent

parlerent après que la Cour en
eût beaucoup parlé, & cette
Cour étoit celle du Roi son pere
& de la Reine sa mere, qui ne
sçavoient pas la part qu'ils
avoient aux plaisanteries que
l'on faisoit de Courtebotte, &
qu'ils faisoient eux-mêmes. Les
pauvres Princes vivoient de la
façon que j'ai déja dite. Courtebotte sortit de la Ville sur son joli
cheval Alzan, plongé dans ses
pensées. Il n'est pas étonnant
qu'il eût de profondes rêveries;
le souvenir du portrait de Zibeline l'occupa : l'embarras du
voyage se présenta à lui : mais
l'amour d'un côté, & de l'autre
la honte de retourner au Château de la Fée, lui firent absolument prendre le parti du
voyage. Il lut l'affiche que lui
avoient donné les Héros d'armes,

mes, & ne la trouva que médio-
crement claire, elle étoit con-
çûë en ces termes : *A quatre cens*
lieuës du Mont Caucase, en mon-
tant au Nord, vous recevrez vos
ordres & vos instructions pour la
conquête de la Montagne de glace.
Belle instruction pour un homme
qui part d'un Pays où se trouve
aujourd'hui le Japon. Cependant
il s'orienta suivant les connoissances de Géographie que la Fée
lui avoit fait apprendre dans la
Géographie de Robbe, & continua sa route. Il évita avec soin
toutes les Villes, pour éviter en
même tems toutes les plaisanteries quil avoit entendu faire
sur son nom. Comme il n'avoit
pas beaucoup voyagé, il n'en-
tendoit pas encore la raillerie :
il couchoit donc dans les Forêts,
& croyoit se soutenir de quelques

ques fruits qu'il rencontroit en chemin ; mais la Fée qui le protégeoit, & qui vouloit le secourir sans diminuer son courage par la confiance des merveilles, lui souffloit des vivres pendant qu'il prenoit du repos ; de façon qu'à son réveil, il se trouvoit de plus en plus frais & dispos. Elle voulut encore suivant le projet qu'elle en avoit formé dès longtems, le faire passer par toutes sortes d'épreuves.

Un jour qu'il suivoit à son ordinaire le sentier d'une Forêt, elle le fit attaquer par un de ces monstres, dont l'Amérique est remplie. Celui-ci tenoit du Tigre & du Léopard : Le combat fut vif, & Courtebotte à la fin triompha du Monstre ; ce ne fut pas sans peine, car il en couta la vie à son cheval ; cette perte lui fut chere,

chere, mais l'ardeur de son courage le soutenant dans cette ad-
versité, il continua son chemin à
pied , & arriva enfin dans un
Port de Mer. Il y trouva un Bâtiment qui faisoit route à peu
près du côté qu'il le désiroit , &
se trouva sur lui encore assez
d'argent pour payer son passage.
Il partit ; mais après quelques
jours de navigation , il survint
une tempête qui lui fit faire naufrage. Il se sauva seul de tout l'é-
quipage , & aborda avec grand
peine dans une Isle déserte. Ce
fut là qu'il eut le tems de faire
de sérieuses réflexions ; cependant son grand cœur ne le laissa
point abatre. Il vécut de la chasse
& de la pêche, du moins se le
persuada-t-il ainsi , mais plus certainement encore des secours secrets de la bonne Guerlinguin.

Tome I.   B   Un

Un jour qu'il se promenoit aſſez triſtement ſur le bord de la
Mer, il découvrit un Vaiſſeau
qui faiſoit voile de ſon côté. Il
fit des ſignaux pour demander
du ſecours ; mais plus le Vaiſſeau
approchoit, plus il lui paroiſſoit
extraordinaire, & moins il ap-
percevoit d'hommes ſur le Bâtiment ; enfin il vint à pleines voiles donner contre la terre. Le
hazard & la fortune lui firent
rencontrer un lit de vaſe, ſur lequel il échoüa le plus heureuſement du monde. Pour lors Courtebotte fut à portée d'examiner
de plus près le Vaiſſeau ; il vit
que les mats étoient des arbres
verds pleins de feuilles, que tous
les bordages étoient couverts de
petits arbres en taillis, & qu'enfin il reſſembloit parfaitement à
un boſquet. Surpris & de cet
objet,

objet, & de la ſolitude du Bâtiment, il ſauta dedans, & ne vit
que des hommes réduits dans un
état affreux. Ils étoient ſans mouvement, & preſque devenus arbres. Les uns tenoient au pont
du Vaiſſeau par les jambes, d'autres par les bras, ſuivant l'action
dans laquelle la manœuvre & la
communication du Vaiſſeau les
avoit ſurpris.

Courtebotte frappé de la compaſſion qu'un pareil ſpectacle pouvoit cauſer, eſſaya avec le fer
d'une de ſes fléches, de détacher
leurs membres du bois qui les
retenoit. Il en vint à bout, &
pour lors il les porta l'un après
l'autre à terre. Il eſſaya de faire
quelques fomentations d'herbes
ſur leurs membres de bois, & le
fit avec ſuccès. Il fit ſi bien qu'en
peu de jours ils ſe trouverent en

B 2   état

état d'agir & de manœuvrer comme auparavant. L'on imagine bien que Guerlinguin travailla à cette belle cure. Soit par inspiration, soit par une simple réflexion, Courtebotte fit frotter tous les membres du Vaisseau avec les mêmes plantes qui avoient secouru si parfaitement les Matelots ; & ce secours fut donné très-à-propos ; car au train qu'il prenoit, le Bâtiment seroit devenu en peu de tems une grande Forêt. La reconnoissance de ces pauvres Matelots fut infinie: il obtint donc aisément d'eux de le conduire où il avoit dessein d'aller ; mais ils ne purent lui répondre autre chose aux questions qu'il leur fit sur l'état dans lequel il les avoit trouvés, sinon que passant à la vûë d'une côte remplie de bois, un vent de terre assez

assez violent les avoit chargés ;
que l'air s'étoit tout à coup obs-
curci d'une poussiere très-épaisse,
qui sans doute avoit communi-
qué une vertu végétative à tous
les corps, excepté aux métaux ;
qu'ils s'étoient trouvés d'abord
appesantis, qu'ensuite ils avoient
perdu le sentiment ; & que peu à
peu, sans pouvoir l'éviter, le
bois les avoit gagnés & attachés
à lui. Courtebotte fit ses réflexions sur un évenement si singulier ; & ne voulant rien négliger
de tout ce qui lui arrivoit, &
qui pouvoit être utile ou curieux,
il ramassa à tout hazard une assez grande quantité de cette
poudre, qu'il mit dans une boë-
te, & qu'il conserva précieuse-
ment sur lui. La Fée qui avoit
produit cette merveille contri-
bua beaucoup à cette inspiration ;

B 3   l'équil'équipage de ce Vaiſſeau n'eut pas de peine à quitter l'Iſle déſerte, & fit voile par le plus beau tems du monde. Après un mois de navigation ils apperçurent la terre, & réſolurent d'y débarquer, non ſeulement pour s'inſtruire de leur route, mais encore pour faire de l'eau, & prendre des rafraîchiſſemens dont ils commençoient d'avoir beſoin : Courtebotte s'embarqua dans la chaloupe qu'ils mirent à la mer: à meſure qu'ils approchoient de terre, ils ne découvroient point d'hommes ; cependant ils ne pouvoient douter que la côte ne fût habitée, puiſqu'ils remarquoient du mouvement, que l'on faiſoit des ſignaux pour marquer leur découverte, & qu'enfin ils diſtinguoient des pouſſieres, médiocres à la vérité, qui ſe rejoignoient

gnoient dans l'endroit où ils vouloient aborder , ce qui prouvoit
clairement qu'on étoit sur ses
gardes. Quand ils furent à la
portée de l'œil , ils découvrirent
de gros Barbets postés le long
de la côte qui faisoient la garde ;
ils en apperçurent d'autres for-
més en troupes. Ceux qui se
trouverent à l'avancée , vinrent
fiérement reconnoître la chaloupe ; & voyant que Courtebotte ne les accueilloit pas de ce
vilain mot : Tirez , & qu'au contraire , il leur dit : Eh , bon jour
mes bons chiens , ce fut aussi-tôt
de leur part des mouvemens de
queue infinis , & de ces cris de
caresse qui marquoient leur contentement. Ils firent plus , ils lui
donnerent la pate ; ils lui deman-
derent si il vouloit les suivre , &
s'abandonner à leur conduite ;

B 4   non-

non-feulement il comprit tout
ce que je viens de dire , mais il
comprit encore qu'ils ne vouloient pas qu'il fût fuivi de perfonne de l'équipage , & que ce
n'étoit qu'à lui feul qu'ils accor-
doient cette marque de confiance. La curiofité détermina Courtebotte : il ordonna donc à fes
gens de l'attendre pendant l'efpace de quinze jours, après lefquels ils pourroient continuer
leur route, quand même ils n'auroient point eu de fes nouvelles.
Il leur recommanda cependant
de ménager beaucoup les Habitans de l'Ifle pendant fon abfence , de bien vivre avec eux , &
de faire leur provifion d'eau &
de tout ce qui leur étoit néceffaire , avec les ménagemens que
l'on a pour les peuples amis;quant
à lui , il s'abandonna à la merci
de

de ces bons animaux ; & à une
demie lieuë de la côte, il découvrit un Village affez gros, qui
n'étoit compofé que de Loges les
plus jolies du monde, & les plus
propres. Il rencontra avant que
d'y arriver, des charettes traî-
nées par des chevaux, & par les
autres animaux deftinés à cet
ufage par l'induftrie des hommes. Il fut furpris de la culture
des terres, & de voir à chaque
pas tout ce que la Police la plus
exacte peut préfenter ; & cela
fans appercevoir autre chofe que
des Barbets. On lui fervit des ra-
fraîchiffemens lorfqu'il fut arrivé
à ce petit Village, pendant le
tems qu'on atteloit deux chevaux à une chaife à l'Italienne,
qu'un gros Barbet conduifoit,
comme auroit pû faire le meilleur Poftillon.

Courtebotte fit dans cette voiture environ une dixaine de lieuës, traversant tantôt des Villages, tantôt de petites Villes, & rencontrant des chaises comme la sienne menées par des Barbets, dans lesquelles il voyoit d'autres Barbets qui le saluoient avec une grande politesse. Enfin, il arriva dans une grande Ville; il ne douta point qu'elle ne fût la Capitale du Pays. Tous les Habitans étoient aux portes, sur les murailles & dans les ruës Ils avoient été avertis d'avance par un Courier, de la confiance qu'avoit en eux l'Etranger, & de son arrivée dans la Ville. Courtebotte fut infiniment satisfait des exclamations & des caresses avec lesquelles il fut reçû. Quand il eut traversé plusieurs ruës droites, bien pavées & bien plantées

plantées d'arbres, il arriva à une
grande Eſplanade, au ſortir de
laquelle il traverſa une grande
cour, au milieu de deux mille
Barbets qui bordoient la haye.
Ils étoient bien tondus, ils avoient
des mouſtaches, & preſque tous
la pipe à la gueule, comme on
les voit dans nos Pays quand on
leur fait faire l'exercice; il traverſa, dis-je, cette grande cour, ſur
laquelle dominoit la grande Loge
du Roi, toute brillante d'or &
d'azur. Quand il en fut à certaine diſtance, il mit pied à terre
par reſpect, & trouva le Roi
couché ſur un riche tapis d'é-
toffe de Perſe, environné de petits chiens occupés à lui chaſſer
les mouches. C'étoit le plus beau
& le plus joli des Barbets; il avoit
les yeux étonnans de fineſſe, la
phiſionomie douce & ſpirituelle,

B 6   &

& la taille infiniment agréable.
Quand il eut vû Courtebotte, il
lui fit cent caresses, & lui donna
la pate, en reconnoissance de la
confiance qu'il lui témoignoit.
Ensuite il fit signe à toute sa Cour
de s'avancer pour faire la révé-
rence à l'Etranger, & toute cette
Cour étoit composée de ces jolis
Barbets de la petite espece. Ils
avoient tous le maintien poli, &
les Barbettes sur-tout, étoient on
ne peut pas plus modestes. Après
quelques momens employés à
ces sortes de complimens, le Roi
fit signe à tout le monde de se
retirer, & fit appeller un Secretaire d'Etat, auquel il dicta un
compliment, sur la douleur qu'il
éprouvoit de ne pouvoir se faire
entendre de vive voix, la langue
des chiens n'étant pas facile à
entendre. Pour l'écriture, elle
étoit

étoit demeurée la même que
celle des hommes. Courtebotte
répondit à ce compliment avec
la politesse qu'il méritoit, & su-
plia le Roi de satisfaire sa curiosité, sur-tout, ce qu'il voyoit de
surprenant à sa Cour & dans ses
Etats. Ce discours rappella au
Roi de tristes idées ; cependant
après qu'il eut donné quelques
momens aux réflexions qui s'em-
parerent de lui, il lui apprit,
toujours par le ministere de son
Secretaire d'Etat, qu'il se nommoit le Roi Biby ; qu'une Fée
voisine de ses Etats, nommée
Marfontine, avoit été touchée
& frappée de la figure que le
Ciel lui avoit donné en naissant,
& qu'elle avoit fait tout son possible pour l'engager à l'aimer &
à l'épouser ; mais qu'il n'avoit
jamais pû se résoudre à l'un non
plus

plus qu'à l'autre, à caufe de l'attachement qu'il avoit pour la
Reine des Indes, dont il étoit
ardemment aimé ; & qu'enfin,
l'amour de la Fée s'étant con-
verti en fureur, elle l'avoit mé-
tamorphofé , & réduit en l'état
où il le voyoit. Que pour redoubler fon malheur , elle ne lui
avoit ôté que l'ufage de la parole, & qu'elle lui avoit laiffé toutes les autres facultés de l'efprit
humain ; qu'il fe confoleroit aifément de fon propre malheur,
fi la Fée pour l'affliger encore
plus , n'avoit exercé la même ti-
rannie fur tous fes Sujets.

Courtebotte comprit aifé-
ment par ce difcours tout ce
qu'il avoit vû de fingulier dans
le Royaume, & témoigna au
Roy la part qu'il prenoit aux
malheurs qu'il venoit de lui confier.

fier. Mais comme il étoit naturellement avide de gloire, & curieux de le témoigner, il offrit
d'abord son bras avec empressement, & jura qu'il ne trouvoit
rien de difficile pour obliger un
Prince qui lui paroissoit aussi aimable, & le tirer de l'état déplorable dans lequel il le voyoit.
Le beau Bibi lui répondit que
ses malheurs étoient sans ressource, puisque la méchante Fée
avoit dit dans le cruel instant de
sa métamorphose, *Jappe & sois*
couvert de poil jusqu'au tems où
l'Amour & la Fortune auront ré-
compensé la Vertu. Vous voyez
bien, ajouta-t'il, que c'est être
condamné à rester Barbet toute
ma vie. Courtebotte en convint
avec lui, & se servit cependant
avec avantage en cette occasion,
du lieu commun dont on saluë

tous

tous les malheureux, en lui difant élégamment : Il faut que Votre Majefté prenne patience.

Biby touché de tout ce que Courtebotte lui avoit dit de compatiffant, voulut lui prouver que le motif de fes malheurs méritoit fon attachement, en lui faifant voir un Portrait de la Reine des Indes, peint par Largilliere. Il fit prefque faire une infidelité à Courtebotte (il me femble que notre Héros recevoit aifément de grandes impreffions par la Peinture ;) quoiqu'il en foit, Courtebotte applaudit à l'attachement du Roi, & au choix qu'il avoit fait ; il ne fut plus furpris de la froideur avec laquelle il recevoit les agaceries des plus jolies Barbettes de fa Cour, & comprit aifément que c'étoit à tort que toutes les Dames le

ta-

taxoient en ſecret d'impuiſſance.

Courtebotte à ſon tour conta ſon hiſtoire, & les grands deſſeins dont il étoit animé. Biby lui donna pluſieurs éclairciſſemens très-utiles ſur la route qu'il devoit tenir, & lui fit même préſent d'une Carte marine dont on s'étoit autrefois ſervi, & que l'on avoit toujours conſervé dans les Bureaux.

Les deux Princes n'eurent pas de peine à ſe jurer une amitié eternelle, car ils la reſſentoient véritablement. Bibi voulut reconduire notre Héros juſqu'à ſon Vaiſſeau. Courtebotte trouva les Matelots enchantés de le revoir, & nullement inquiets de ſa perſonne, car ils étoient comblés des preſens & des rafraîchiſſemens qu'on leur avoit portés tous les jours à bord par ordre du Roy. Ce

Ce fut avec douleur que Biby
ſe ſépara de Courtebotte, mais
il voulut abſolument lui donner
pour le ſuivre dans ſes voyages,
un Ecuyer qu'il aimoit, & dont il
conoiſſoit la valeur & la capacité;
il le chargea de lui mander avec
ſoin tout ce qui arriveroit au Prince ſon ami, & lui ordonna de s'attacher à ſon nouveau Maître,
comme il l'avoit toujours été à
lui-même. Cet Ecuyer ſe nommoit Mouſta, & quitta le Roy
avec des regrets inconcevables,
mais il lui promit de s'acquitter
dignement de l'emploi dont il
l'honoroit.

Le vent pour lors étant favorable, le Vaiſſeau de Courtebotte mit à la voile. Le chagrin
que Biby reſſentit de ſon départ,
fut exprimé par un hurlement
géneral qu'il avoit ordonné à toutes

tes les Troupes qui bordoient la Côte. Peu à peu le vent fraîchiſſant, ils perdirent la terre de vûë.

La navigation fut heureuſe; ils reconnurent la terre vers laquelle ils faiſoient route, ſans avoir éprouvé aucunes diſgraces, dont les voyages ſur Mer ſont ordinairement accompagnés, & ſe trouverent à deux lieuës ou environ du Port où ils vouloient moüiller; mais le tems n'étant pas fort aſſuré, Courtebotte pria le Capitaine du Vaiſſeau de le mettre à terre. Il lui étoit aſſés indifferent d'être mis à la Côte, lui qui n'avoit pas beaucoup d'affaires dans une Ville, & qui n'étoit pas en état d'y faire aucune dépenſe. Il ſe ſépara des bons Matelots avec quelque regret de ſa part &

beau-

beaucoup de chagrin de leur côté.

On débarqua donc notre Héros à deux lieuës au deffus de la Ville, fans avoir d'autre compagnie que celle de Moufta fon Ecuyer. Après avoir marché quelque tems abandonné plus que jamais à la Providence, il arriva dans une Prairie charmante. Elle bordoit un Bois dont la fraîcheur l'invita à prendre quelque repos. Il ne fut pas plutôt affis qu'une petite Guenon vint fe pofer tout auprès de lui, en lui faifant des mines & des grimaces les plus jolies du monde, il n'y fit d'abord aucune attention, mais elle les repeta fi fouvent, qu'à la fin il en fut frappé, & qu'il fit enfuite tous fes efforts pour s'en rendre maître. Mais avant que de fe laiffer

prendre

prendre elle convint de ses faits
avec lui, c'est-à-dire qu'elle lui
fit promettre qu'il la suivroit
partout où elle voudroit le conduire. Courtebotte y consentit,
& la Guenon lui sauta d'abord
sur l'épaule, & lui dit à l'oreille :
» Nous n'avons point d'argent,
» mon pauvre Courtebotte,
» nous sommes mal dans nos
» affaires ; hélas ! que faire, ré-
» pondit-il assés tristement, il
» faut souffrir, & ne se pas re-
» buter, j'en suis fâché pour
» vous, Guenon, ma mignone,
» car je ne pourrai vous donner
» ni sucre ni biscuit : puisque
» vous êtes si dur à vous-même,
» & si compatissant pour les au-
» tres, je veux vous conduire
» au Rocher d'or ; mais il faut
» que vous ordonniez à Mousta
» de vous attendre ici. » Courtebotte

tebotte executa fes ordres. Enfuite la Guenon fauta à terre,
& lui dit, fuivez-moi. Pour lors
elle entra dans le Bois, & le
précedant en fautant d'arbres
en arbres, tantôt l'attendant,
& tantôt l'appellant, il fe trouva après avoir marché environ
pendant l'efpace d'une heure
dans un endroit de la Forêt où
le Bois étoit fort éclairci, &
laiffoit voir un petit Pré verd
au bas d'une Montagne. Cette
petite Prairie n'étoit interrom-
puë que par un Rocher d'environ huit à dix pieds de haut,
& large d'environ cinq ou fix.
Quand il fut tout auprès de
cette efpece de caillou, la Guenon lui dit: Donne un coup de
ton épieu contre ce Rocher qui
te paroît fi dur; il le donna en
effet, & de la force qu'il employa,

ploya, il en éclatta pluſieurs morceaux qui n'avoient que la ſuperficie de Rocher, & qui lui firent voir que tout l'interieur de cette maſſe étoit d'or. Pour lors la Guenon lui dit : ›› Ce que ›› tu as caſſé t'appartient, je te ›› le donne, prens-en ce que tu ›› voudras. ›› Il en prit un des plus petits morceaux, & la remercia de ſa bonté. Pour lors la petite Guenuche ſe transforma en une belle & grande Dame, & lui dit : ›› Courtebotte, ſoyez ›› toujours vertueux, laborieux ›› & moderé comme vous l'êtes ›› à preſent, '& vous pouvez eſ- ›› perer de parvenir aux cho- ›› ſes les plus difficiles. Al- ›› lez, le petit morceau que ›› vous avez, vous ſuffit, puiſ- ›› que je lui donne la vertu de ſe ›› multiplier ſuivant vos beſoins:
›› mais

» mais je veux que vous ſoyez
» inſtruit du riſque que votre
» modération vous a fait éviter.

Pour lors elle le conduiſit dans
le bois qu'il trouva rempli d'hommes & de femmes , dont la mine
étoit have & le corps décharné,
qui couroient çà & là, qui cherchoient à terre , qui regardoient
en l'air , qui prêtoient l'oreille
au moindre bruit , qui faiſoient
tantôt des vœux , tantôt des im-
précations, & qui ſe dévoüoient
aux Divinités les plus noires
pour arriver au Rocher d'or.
» Tu vois les peines qu'ils ſe
» donnent, lui dit la Fée , mais
» tous leurs efforts ſont ſuper-
» flus , ils mourront à la peine :
» ils ne joüiront jamais du Ro-
» cher , ils finiront leurs jours
» comme bien d'autres qui les
» ont précedé les ont fini, c'eſt-
» à

» à-dire, par se casser la tête de
» désespoir. »

La Fée le reconduisit au lieu
où elle l'avoit trouvé ; pour lors
elle disparut, & Courtebotte reçut à son retour mille & mille
caresses de Mousta, qui l'attendoit patiemment dans l'endroit
où il l'avoit laissé. Il prit ensuite
le chemin de la Ville, & s'y rendit sans éprouver aucune avanture. Il s'y reposa quelques jours,
& s'informa avec soin du chemin
qu'il falloit prendre pour se rendre au Mont Caucase : il fit aussi
beaucoup de questions sur la
Princesse Zibeline, mais il ne put
s'instruire à fond , que sur la
route qu'il falloit tenir. Il étoit
encore si fort éloigné des Etats
de la Princesse, qu'il n'en entendit parler que confusément. Il
acheta des Chevaux, quelques

Tome I.   C   Es-

Esclaves, enfin tout ce qui lui
étoit néceſſaire pour ſon voyage.
Toutes les emplettes qu'il fit,
étoient ſimples & peu voyantes,
mais bonnes & étoffées. Le petit morceau d'or fournit abondamment, & ſans s'alterer, à
tous ſes beſoins. Il traverſa aiſément le Caucaſe ; pour lors il
n'entendit parler que de Zibeline : Les Etrangers ſe rendoient
de tous côtés à ſa Cour ; mais
en entendant parler de ſes beautés & de ſon eſprit, il entendit
auſſi parler du nombre de ſes rivaux & de leur puiſſance. Celui-
ci avoit une Armée, celui-là des
Tréſors, un autre avoit à ſa ſuite
tout ce que les Arts peuvent fournir d'utile & d'agréable. Quant
à lui pauvre Courtebotte, il ne
poſſedoit qu'une grande volonté
de réüſſir, ſon chien & le ridicule

cule d'un nom qui servoit encore plus à faire remarquer celui de sa petite taille. Comme il s'étoit inscrit sous ce nom dans la Pancarte des Ambassadeurs, il ne lui étoit pas possible de le quitter, & d'en prendre un autre, il prit donc le parti de ne s'en plus occuper, & je crois qu'il fit bien.

Après deux mois tous entiers de marche il arriva dans la grande Ville de Trelintin, Capitale des Etats promis à Zibeline. Il employa quelques jours à s'informer des usages du Pays, & à reconnoître le caractere de ses Rivaux, à faire des questions sur la Montagne de glace, & à s'instruire sur l'entreprise qu'il falloit mettre à fin. Voici ce qu'il apprit sur ce dernier article; car sur la Montagne, comme jamais aucun

homme

homme n'en étoit revenu, on n'en pouvoit parler que par conjecture.

Farda-Kinbras, pere de Zibeline, & Roy d'une grande partie du Nord, épousa Birbantine fille d'un Roy son voisin. La convenance des Etats se trouva d'accord avec celle des humeurs & des personnes; enfin le hazard fit en ce tems un bon mariage, mais si bon que la tête en tourna aux deux Epoux, & qu'ils eurent la sottise un jour qu'ils étoient l'un & l'autre sur un traîneau, de défier le sort de leur être contraire, tant qu'ils éprouveroient l'un pour l'autre, l'amour dont ils étoient épris. » Vous verrez » le contraire, dit une bonne » Vieille qui se trouva là par ha- » zard, & que la rigueur du froid » engageoit à souffler dans ses » doigts. «

» doigts. » Le Roy voulut punir
l'audace de cette inſolente, &
ſauter à bas de ſon traîneau;
mais la Reine plus douce &
plus moderée, l'en empêcha,
en lui diſant: » Hélas, Sire, ne
» vous fâchez pas, c'eſt peut-
» être une Fée. Oüi, ſans doute,
» c'en eſt une, dit la Vieille, en
» prenant une voix ferme, croiſ-
» ſant & devenant Giganteſque,
» & faiſant de ſa petite chaufre-
» te un char de feu, de ſon bâ-
» ton un grand dragon, de ſes
» haillons un parapluye tout d'or,
» & de ſes ſabots deux fuſées :
» Oüi, c'en eſt une, dit-elle en-
» core, vous verrez quel ſera le
» fruit de vos amours, & vous
» vous ſouviendrez quelquefois
» & de votre préſomption & de
» la Fée Guarlangandino. » Le
Roy & la Reine ſe proſternerent

devant elle, mais elle étoit déja bien loin, & s'envolant vers le Nord, son char & ses fusées ne laisserent après eux qu'une longue trace de feu. Farda-Kinbras & Birbantine se trouverent pour lors bien honteux. Mais comment faire? il n'y avoit point de remede à leurs inquiétudes.

Fort peu de tems après cette avanture, la Reine se trouva grosse, & mit au monde Zibeline qui parut belle dès l'instant qu'elle parut au jour. Toutes les Fées du Nord présiderent à sa naissance; les Etats du Roy étoient d'une si grande étenduë, que plus de cent Fées avoient leur habitation dans son Royaume : il les avoit toutes invitées avec grand soin, & leur avoit confié les menaces de Guarlangandino. Elle ne parut point au festin,

feftin, elle ne vint point recevoir
fon préfent, quoiqu'elle eût été
invitée avec toute forte d'attention & d'empreffement ; mais
après avoir laiffé tranquillement
toutes fes Sœurs doüer la petite
Princeffe de toutes les vertus &
de tous les talens imaginables,
pendant le tems que tout le
monde étoit à table, & que le
Roy ne pouvoit contenir la joye
qu'il reffentoit d'avoir vû terminer les dons des Fées fans aucune oppofition, pendant ce
tems-là, dis-je, Guarlangandino
fe gliffa dans le Palais fous la figure d'une Chatte ; elle entra
aifément dans la chambre de la
petite Princeffe, fe cacha fous
fon berceau, & d'abord que les
Mies & la Nourice eurent le dos
tourné, elle emporta le cœur de
la belle petite Zibeline, lui laif-

C 4   fant

fant cependant la faculté de vivre. Après ce beau coup elle fortit du Palais tout auffi aifément qu'elle y étoit entrée, elle fut feulement houfpillée par quelques chiens & par quelques marmitons. Elle trouva fa voiture qui l'attendoit fur la grande place, & fut enfermer le larcin qu'elle venoit de faire, dans la Montagne de glace tout auprès du Pôle Arctique. Elle impofa tant de difficultés pour pouvoir en faire la conquête, qu'elle compta joüir toute fa vie du malheureux état dans lequel cette pauvre Cour alloit être réduite. Les Fées partirent après le dîner, fans fe douter de la moindre chofe; par conféquent le Roy & la Reine fe trouverent dans une parfaite fécurité. Zibeline belle comme le plus beau

jour,

jour, apprenoit tout avec une facilité inexprimable ; mais on ne voyoit en elle aucun senti-ment tel qu'il pût être ; l'esprit faisoit en elle toutes les fonc-tions, mais le cœur ne disoit mot ; eh comment auroit-il par-lé ? il étoit dans la Montagne de glace. Zibeline , il est vrai , étoit en croissant l'admiration de tous ceux qui la voyoient quant à la beauté : elle n'ignoroit pas qu'u-ne Princesse devoit sçavoir dan-ser ; elle dansoit donc , mais elle ne s'en acquittoit que par mé-thode : on ne voyoit point dans sa danse ce tour heureux, ce je ne sçais quoi que peut donner la seule envie de plaire. Elle avoit la voix belle. Elle chantoit , mais elle ne rendoit jamais le senti-ment des paroles. Elle pronon-çoit le mot d'amour , & tous ceux

qui

qui le fuivent comme elle eût
fait les mots d'une Langue étran-
gere qu'elle n'eût point entendu.
Eſt-ce chanter que ce qu'elle
faiſoit avec ſa belle voix ? J'en
appelle à mon Lecteur. Il en
étoit ainſi de toutes ſes opéra-
tions.

Malgré l'admiration & la flat-
terie de toute une Cour, malgré
l'aveuglement paternel, on s'apperçut d'un défaut auſſi eſſentiel
que celui que la Princeſſe poſſedoit ; car enfin quand on n'aime
point, on ne peut être aimé
long-tems. Malgré la certitude
de ce principe, nos Princeſſes
ont toujours imité Zibeline dans
les commencemens de ſa vie,
non pas ſur l'amour, s'entend.
Pour remédier à un ſi grand inconvénient, on courut à la con-
ſultation des Fées, Farda-Kinbras

bras les invita, & convoqua une
aſſemblée generale, dans laquelle
il expoſa ſes griefs, & finit en
les conjurant d'examiner de
nouveau la Princeſſe ſa fille.
,, Certainement, leur dit - il,
,, vous avez laiſſé votre ouvrage
,, imparfait, & je vous puis aſ-
,, ſurer qu'il y manque quelque
,, choſe; je ne ſçaurois trop vous
,, dire ce que c'eſt, mais ce qu'il
,, y a de vrai, c'eſt que je vous
,, avance un fait certain. ,, Elles
l'aſſurerent toutes qu'elles n'a-
voient rien oublié de tout ce qu'-
elles devoient à un Roy leur ami,
tel qu'il avoit toujours fait pro-
feſſion de l'être. Après ce compliment, elles furent rendre vi-
ſite à Zibeline, mais en entrant
dans ſa chambre elles s'écrierent
toutes: Ah! c'eſt un miracle! c'eſt
un p r odige. Toute la Cour &

la Princeſſe elle-même, malgré ſon grand eſprit, crurent que ces exclamations étoient adreſ-ſées à ſa beauté; mais les Fées après être ſorties, dirent natu-rellement au Roy & à la Reine qu'elles venoient de voir une choſe ſurnaturelle, que leur fille n'avoit pas plus de cœur que ſur leur main.

Farda-Kinbras & Birbantine ſe mirent à jetter les hauts cris à cette nouvelle, & conjurerent tout le ſacré College de remé-dier à cet inconvénient. Pour lors la plus âgée d'entre les Fées ouvrit ſon Pſeautier ou Grimoi-re, (car elle le portoit toujours pendu à ſon côté, avec une belle & groſſe chaîne d'argent, à la-quelle pendoit auſſi ſon clavier) elle trouva que cette privation de cœur étoit une opération de

Guar-

Guarlangandino; & tout de suite
elle découvrit ce qu'elle avoit
fait du cœur de la Princesse, &
les difficultés qu'elle avoit atta-
chées à la Montagne de glace.
» Quel remede y a-t'il à notre
» malheur? s'écrioient doulou-
» reusement le Roy & la Reine?
» Vous vous ennuyerez long-
» tems, dit-elle, & vous souf-
» frirez certainement de voir
» & d'aimer une Idole comme
» Zibeline; mais s'il est possible
» que vous voyez terminer son
» indifference, ce ne peut être
» qu'en la promettant elle-mê-
» me avec vos Etats, à celui qui
» aura assez de valeur & de con-
» duite pour la mériter en fai-
» sant la conquête de son cœur;
» envoyez son portrait dans tout
» l'Univers, & promettez ce que
» nous venons de vous dire:
                              » elle

» elle eſt aſſez belle, & la dot
» aſſez bonne pour déterminer
» tous les Princes du Monde à
» s'expoſer pour ſa délivrance.

Au moment même l'on dépê-
cha de tous côtés Portraits &
Ambaſſadeurs, tels que celui
que Courtebotte avoit rencon-
trés. Il apprit encore que déja plus de cinq cens Princes,
ſans compter leurs Pages & leurs
Ecuyers avoient péri dans les
neiges ou dans les glaces, &
qu'il en arrivoit tous les jours
de nouveaux & de tous les côtés
de l'Empire, un nombre difficile
à compter.

Courtebotte après avoir fait
toutes ſes réflexions, & n'avoir
pris aucun autre parti que celui
de ſuivre tous les mouvemens
de ſon cœur, ſe détermina à ſe
faire préſenter à la Cour. Son
ar-

arrivée n'avoit pas fait grand
bruit, son Equipage étant presqu'aussi
succinct que sa taille, &
la magnificence de tous les Princes
qui pour lors se trouvoient
à la Cour, obscurcissant presque
celle de Farda-Kinbras, auquel
on ne pouvoit cependant refuser
le titre de magnifique.

Courtebotte mis très-simplement,
& peu relevé par sa taille
fit la réverence au Roy avec autant
d'esprit que de bonne grace,
& lui demanda selon l'usage
la permission de baiser la main
de la Princesse sa fille, comme
un homme qui comptoit la délivrer
ou périr à la peine. Quand
il eut déclaré qu'il s'appelloit
Courtebotte, le Roy tout accoutumé
qu'il étoit à représenter,
eut peine à retenir son sérieux,
quoique notre Héros eût
pris

pris la licence d'ajoûter à son nom le titre de Prince : il étoit si loin de chez lui, qu'il étoit bien pardonnable. Cet exemple des tems reculés, n'a pas été un des moins suivis par la suite.

Quoiqu'il en soit, Courtebotte en homme d'esprit, voyant que le Roy crevoit, comme l'on dit, dans ses panneaux en voulant se retenir, & que les Princes ses Rivaux dont il étoit environné, n'avoient au contraire aucun ménagement, & qu'ils éclatoient scandaleusement, adressant la parole au Roy, lui dit, ›› Sire, ›› que V. M. se mette à son aise, ››qu'elle éclatte, je m'estime ››trop heureux de la pouvoir ›› amuser ; mais que ces Messieurs ›› me prennent pour leur joüet, ›› c'est à quoi je sçaurai mettre ››bon ordre ; ›› & choisissant des

yeux

yeux celui dont l'air étoit le plus
fat, il se détermina à s'en prendre à lui. C'étoit le Prince Fadasse, un de ces grands Héros
dont les Romans sont farcis, fier
de ses Ayeux, enivré de sa longue figure, & charmé de ses
grands cheveux de filasse. Courtebotte lui dit donc, en le regardant fierement : » Eh vous,
» mon grand Mr. croyez-vous
» n'être pas plus ridicule que
» mon nom? Je vous défie au
» combat, soyez armé comme
» il vous plaira. » Fadasse accepta le défi, en ricannant de pitié
de la témérité de son adversaire,
& le combat fut arrêté pour le
lendemain. Courtebotte au sor-
tir de l'appartement du Roy,
fut conduit dans celui de Zibeline. Il fut frappé de sa beauté,
& se remit avec peine de l'émotion

tion qu'elle lui caufa. Voici à peu de chofes près le compliment qu'il lui fit.

„ Je viens du bout du monde,
„ attiré par la beauté de votre
„ portrait, Madame, pour vous
„ offrir mes fervices ; je vous ap-
„ porte une bonne volonté infi-
„ nie : mais le ridicule du nom
„ que je porte, qui n'eft pas à
„ la vérité des plus élégans, m'a
„ déja fait une affaire dans vo-
„ tre Cour: Je dois demain com-
„ battre un grand vilain Prince;
„ je vous fupplie d'honorer mon
„ combat de votre préfence, &
„ de prouver à l'Univers entier,
„ que le nom ne fait rien à l'af-
„ faire, & qu'enfin vous avoüez
„ Courtebotte pour votre Che-
„ valier.

La Princeffe fourit, car elle avoit de l'efprit, & lui dit avec
poli-

politeſſe qu'elle l'acceptoit avec plaiſir. Il lui demanda pour lors ſi elle ne protegeoit point ſon adverſaire le Prince Fadaſſe ;
,, Hélas ! dit-elle, je n'en protege
,, aucun , tous ces Meſſieurs
,, m'importunent , & leur folie
,, m'eſt inſuportable. Je me trou-
,, ve fort bien comme je ſuis; que
,, parlent-ils toute la journée de
,, me délivrer ? Je ne comprends
,, rien à tout ce qu'ils me veu-
,, lent ; de l'amour ,. diſent-ils ,
,, des ſentimens , & mille autres
,, choſes plus plates que je n'ai
,, pû retenir. Courtebotte avoit trop d'eſprit lui-même pour ne pas ſentir dans ce moment, qu'-ayant envie de plaire à une per-ſonne qui n'a que de l'eſprit , il ne faut non plus ſe plaindre qu'é-taler ſes ſentimens ; mais qu'il faut avant que de ſe déclarer ,

obtenir

obtenir la confiance, & s'avancer par l'agrément. Il lui répondit donc ſans la contrarier; & tournant la converſation ſur le compte de ſes rivaux, il leur chercha quelques ridicules, & ſur-tout au Prince Fadaſſe. Zibeline lui en ſçût bon gré, & lui aida même à en trouver; de façon que dès le premier moment, Courtebotte devint celui de toute la Cour, dont elle aimoit le plus la converſation.

Toute la Ville & la Cour furent occupées du combat, dont le ſpectacle étoit aſſigné pour le lendemain. Le Roy, la Reine & la Princeſſe ſe placerent ſur leur amphithéâtre. Le Prince Fadaſſe parut dans la lice avec les plus belles armes du monde & les plus magnifiques, ſuivi de 24. Ecuyers & de 100. Palfreniers,
qui

qui menoient chacun un cheval
en main ; & Courtebotte entra
de l'autre côté, sans autres armes que son épieu, vêtu simplement, mais avec goût, & suivi
seulement de Mousta, son Barbet, qui menoit un cheval dans
la grande perfection. Le para-
lelle de ces deux adversaires fit
rire toute l'Assemblée, & Mousta
attiroit tous les regards. Quand
les Juges du Camp furent pla-
cés, & que les Trompettes eurent donné le signal, les Ecuyers
de Fadasse sortirent de la lice,
& Mousta en fit autant. Les deux
Champions coururent avec fureur l'un contre l'autre. Courtebotte dont l'adresse & l'agilité
étoient infinies, évita le coup
que le Prince lui vouloit porter,
& trouva le moyen de prouver
qu'il n'en vouloit point à sa vie;

car

car le coup qu'il étoit le maître
de lui donner, il le porta à ſon
cheval, qu'il renverſa mort ſur
la place. Courtebotte ſauta légerement à terre, & dégagea Fadaſſe de deſſous ſon cheval, en
lui diſant qu'il ne vouloit point
de l'avantage qu'il avoit eu. Fadaſſe furieux des ménagemens
de ſon adverſaire, mit l'épée à la
main ; mais Courtebotte la lui fit
ſauter en mille piéces, & lui dit
après : ›› Je reſpecte trop tout
›› ce qui eſt attaché à la Princeſſe
›› Zibeline pour vous faire périr;
›› allez la remercier de la vie
›› qu'elle vous donne. Les Ecuyers
rentrerent dans le Camp ; &
Mouſta ſautant à bas de ſon cheval, fut rechercher celui de ſon
Maître, lui tint l'étrier ; & reſ-
ſautant ſur le ſien, ils ſortirent
très-ſérieuſement de la Cariere,

au

au bruit des Trompetes & des acclamations du Peuple. Le Roy & la Princesse envoyerent féliciter Courtebotte dans sa petite Maison qu'il avoit choisi pour son habitation, & lui offrir un appartement dans le Palais. Courtebotte ne tarda pas à les aller remercier, & ne parla de son combat qu'avec la modération d'un galant homme, & d'un homme fait pour la victoire. La Princesse lui demanda pourquoi il étoit si légerement armé, Courtebotte lui répondit qu'il n'en avoit pas agi ainsi par aucun mépris pour son adversaire ; mais que l'arme dont il s'étoit servi, lui étoit plus commode. Ensuite elle lui fit des questions sur Mousta ; elle eut envie de le voir & de le caresser. Courtebotte l'assura qu'il étoit à son poste, c'est-àà-dire, dans l'anti-chambre avec les Ecuyers. Une jeune Esclave reçut l'ordre d'aller l'avertir que Zibeline le demandoit ; effectivement Mousta se présenta avec le respect & le maintien d'un Barbet, qui connoissoit la Cour & ses usages. On lui fit faire cent mille choses plus surprenantes les unes que les autres ; enfin la Princesse ne put s'empêcher de prier Courtebotte de le lui sacrifier, & de lui en faire un présent. Courtebotte y consentit avec joye, non-seulement par politesse, mais encore parce qu'il prévoyoit qu'il ne pouvoit avoir un espion plus sûr & plus fidéle auprès de Zibeline, du Roy, & de toute la Cour.

Le combat & la façon noble & aisée dont il s'en étoit acquitté, donnerent une grande considésidération à Courtebotte.

Sur ces entrefaites, on eut avis
que l'Ambassadeur d'un Roy voisin, & très-puissant, étoit sur la
frontiere, & qu'il demandoit la
permission de venir à la Cour,
pour traiter d'une affaire de con-
séquence ; c'étoit le Roy Brandatimor qui le dépêchoit. On lui
envoya sur le champ un Courier,
& l'on ordonna qu'il fût reçû sur
toute la route avec tous les honneurs possibles ; car les Etats de
ce Prince étoient contigus ; & de
plus, c'étoit un Roy renommé
par sa valeur personnelle, par la
bonté & la qualité de ses Troupes, & enfin par tout ce qui peut
rendre un Roy terrible. L'Ambassadeur préceda ses nombreux
Equipages, & vint en poste avec
ses Lettres de créance. Il se nommoit Arrogantin. Il vit le Roy

Le Prince Courtebotte, *incognito* , & lui préfenta une Lettre d'un ftile affez mauvais, dont voici les termes à ce que l'on m'a fort affuré.

BRANDATIMOR A FARDA-KINBRAS,

Salut.

Si j'avois plutòt vû qu'hier un des Portraits de la belle Zibeline votre fille, je n'aurois pas fouffert qu'un auffi grand nombre d'avanturiers & de petits Princes, fe fuffent gelés & morfondus pour la mériter ; quant à moi, je crains peu les concurrens d'abord que je me ferai déclaré comme je le fais en vous demandant votre fille en mariage, & je fuis bien affuré qu'ils ne perfifteront pas dans leurs pourfuites. Arrogantin a donc ordre de
moi

moi de l'épouser sur le champ à mon nom ; car je ne crois point à tous les contes que m'ont fait les voyageurs, que vous envoyés par tout le monde conter vos fariboles sur la Montagne de Glace ; & quand il seroit vrai qu'elle n'auroit point de cœur, je ne m'en embarasse point du tout, étant aussi certain que je le suis de lui en faire venir un. Je vous embrasse, mon cher beau-pere.

La lecture de cette Lettre embarassa beaucoup Farda-Kinbras, & lui déplut infiniment, aussi-bien qu'à Birbantine, & la vanité de la Princesse fut offensée au dernier point de la hauteur du stile, & du tour de la demande ; mais ils prirent tous trois la résolution de tenir cette négociation secrette, jusqu'à ce qu'ils fussent déterminés au parti qu'ils

D 2　　pou-

pouvoient prendre. Moufta s'é-
toit trouvé préfent à l'entrevûë,
il avoit été témoin de l'impref-
fion qu'elle avoit caufée, il ne
manqua pas d'en avertir Courtebotte par un billet. Cette nouvelle l'anima de fureur. Le détail de la Lettre le mit prefque
hors de lui-même; cependant il
prit le parti de fe contenir, &
médita long-tems fur les expé-
diens que l'on pouvoit trouver,
pour éluder une demande faite
d'une façon auffi brutale : mais
ce fut inutilement qu'il donna la
torture à fon efprit. Dans cette
agitation, il courut chez la Princeffe ; comme ils étoient tous
deux occupés de la même pen-
fée, & qu'ils étoient l'un & l'autre révoltés contre la hauteur &
l'infolence de Brandatimor, la
converfation tomba d'elle-même
fur

sur ce chapitre, & sur la révolte que les deux erreurs de l'esprit & du cœur causent à tout le monde, mais sur-tout à ceux qui s'en trouvent les victimes. La conversation s'échauffa, & Courtebotte parut si bien instruit de la circonstance présente, que la Princesse en fut étonnée, & lui avoüa tout ce qu'il sçavoit déja, en lui demandant conseil. Courtebotte qui n'avoit encore pû se déterminer à rien, lui conseilla de différer la réponse tout autant qu'il lui seroit possible, & l'assura que la superbe Entrée qu'Arrogantin promettoit avec tant d'emphase & si peu de modestie, lui pouvoit servir de prétexte pour éluder du moins pendant quelques jours. Zibeline approuva cette petite ressource, toute foible qu'elle étoit, car elle redou-

D 3   toit

toit infiniment Brandatimor. Elle conseilla donc au Roy & à la Reine de ne promettre leur réponse qu'après l'Entrée de l'Ambassadeur ; & ce fut en effet le parti auquel on se détermina.

Arrogantin reçût avec quelque sorte d'impatience ce petit rétardement ; mais il leur dit que dès le lendemain de l'arrivée de son Equipage , qui devoit être dans peu de jours , il donneroit à toute la Ville & à tous les petits Princes dont elle étoit inondée, l'idée de la puissance & des trésors de son Maître. Courtebotte au désespoir & dans une perplexité infinie, voyant le jour de l'Entrée qui s'approchoit , à bout de toutes ses idées , interceda vivement la bonne Guerlinguin. Il pensoit souvent à elle, (car son cœur n'étoit point ingrat)

grat) mais il avoit pris la ferme réſolution de ne l'importuner que dans les grandes occaſions. Celle-ci lui parut être de ce nombre : il l'invoqua donc ; & la nuit abatu par l'agitation de ſon eſprit, il la vit elle-même en ſonge, qui lui dit : ›› Courtebotte, ›› tu t'es bien conduit juſqu'ici, ›› continuë d'être laborieux & ›› vertueux, & tu trouveras de ›› bons amis dans l'occaſion ; fais ›› valoir à Zibeline le ſuccès ›› qu'aura l'Entrée de l'Ambaſſa-›› deur. La joye réveilla Courtebotte : il voulut ſe jetter aux pieds de la Fée, mais il n'apperçut aucun objet, & craignit un moment de n'avoir éprouvé une ſorte de contentement que par l'illuſion d'un ſonge. Cependant il eſpera ; & ſans parler à la Princeſſe de tout l'amour qu'il reſſen-

D 4   toit

toit pour elle, il lui tint, fur un
évenement qui alloit arriver, de
ces propos qui ne difent ni oüi,
ni non. A la queftion qu'il lui fit
en lui demandant fi elle feroit
bien obligée à quelqu'un qui la
délivreroit des importunités de
Brandatimor ; elle l'affura que
l'obligation qu'elle lui auroit,
feroit infinie. Il pouffa la queftion plus loin ; il voulut fçavoir
ce qu'elle défireroit à cet heureux mortel, elle l'affura que ce
feroit de ne rien aimer, d'être
comme elle.

Un amant a beaucoup à fouf-
frir, quand il a de femblables
propos à foutenir de tout ce qu'il
adore ; auffi déchiroient-ils le
cœur du pauvre Courtebotte.

Les Equipages d'Arrogantin
arriverent ; & par une morgue
digne de fon Maître & de lui,
il

il ne voulut se servir que de ce
qu'il avoit conduit avec lui: Il demanda donc son audiance pour
le lendemain; elle lui fut accor-
dée, & tous les Habitans de la
Ville se placerent dès le point du
jour, pour voir une magnificence annoncée avec autant de hauteur & de vanité. La bonne
Guerlinguin prit soin de fournir
aux plaisirs de l'Assemblée; car
elle fascina les yeux de tous les
Spectateurs, & chargea l'Illusion
(cette Divinité qui n'a que trop
de pouvoir sur le genre humain)
de punir l'orgueil de Brandatimor, & de servir indirectement
Courtebotte. Les Livrées parurent donc à tous ceux qui virent
l'Entrée d'Arrogantin, des gue-
nilles & des locques que des
gueux auroient eu honte de porter; tous les Chevaux que l'Am-

D 5   bassabaffadeur & fa fuite trouvoient piaffans & caracollans , furent vûs des roffes maigres à faire pitié , & qui n'avoient pas la force de fe traîner ; les beaux Harnois tout d'or , ne firent aucun autre effet que celui des coliers de charuë , ornés de leurs vieilles peaux de moutons , & tous les Pages reffemblerent parfaitement aux plus vilains ramoneurs. Les Trompettes & tous les autres Inftrumens rendirent le fon des flutes à l'oignon, ou des peignes devant lefquels on met un morceau de papier ; & la file des cinquante Caroffes, fut regardée comme l'auroient été cinquante charettes toutes dépenaillées.

Arrogantin parut dans la derniere avec la morgue d'un Prince brutal , qu'il croyoit dignement

ment repréfenter. Ce qui jettoit
un plus grand comique , & un
plus grand ridicule fur toute
l'Entrée, c'étoient les vifages & le
maintien fier que donne la vanité fatisfaite , & qu'avoient l'Ambaffadeur & fa fuite ; car l'illufion
ne portoit que fur les parures &
fur les ornemens ; elle laiffoit
voir les hommes avec les airs &
les façons convenables à ce dont
ils fe croyoient environnés.

Les huées & les rifées de tout
le Peuple furent proportionnées
à la fingularité dont ils voyoient
tous les Equipages. Le Roy qui
fut averti long-tems devant l'arrivée de l'Ambaffadeur ; (car il
marchoit très-lentement & d'un
pas convenable à fa dignité) ne
crut pas avec raifon qu'il fût de
la fienne , de recevoir un Ambaffadeur dont il fe croyoit infulté

D 6 à

à ce point là. Il fit donc fermer les portes de son Palais, & refusa l'audiance. Arrogantin qui ne pouvoit concevoir la raison d'un tel refus, lui dont la magnificence égaloit en effet l'arrogance, fut aisément transporté de fureur. Pour lors il se répandit en injures contre le Roy, & contre tout un Peuple qui le chargeoit lui-même de toute sorte de plaisanteries ; & le menu Peuple autorisé par le refus de l'entrée du Palais, en réponses aux injures magnifiques qu'il disoit, & aux menaces terribles qu'il faisoit, reconduisit l'Ambassadeur & son cortege à coups de pierres & d'ordures, dont il fut sur le point d'être assommé, & dont il se sauva avec grand peine.

Arrogantin partit dès le moment

ment même , non sans avoir
employé ses pouvoirs à faire une
déclaration de guerre des plus
terribles qu'on ait jamais fait ;
& j'ai oüi dire que cette fois étoit
la premiere dans laquelle on eut
employé la menace de tout mettre à feu & à sang.

Quelques jours devant cette
belle Ambassade , le Roy Biby
avoit dépêché à Courtebotte un
de ses Coureurs avec une Lettre
pleine d'amitié , d'offres de services , & de curiosité pour tout
ce qui le regardoit. Courtebotte
répondit à toutes ses bontés
comme il devoit y répondre ; il
l'instruisit de tout ce qui s'étoit
passé , & sur-tout , n'oublia pas
de lui détailler l'histoire d'Arrogantin , & la terrible guerre que
cet évenement allumoit entre
les deux Rois Farda-Kinbras &
Bran-

Brandatimor. Il donna les Lettres au Coureur de Biby le soir même de l'avanture, & le fit partir sur le champ, avec ordre de faire autant de diligence qu'il lui seroit possible ; il ne put finir sa Lettre, sans demander à son cher Biby un secours de quelques milliers de Barbets de la meilleure volonté, & des plus aguerris, en lui promettant de ne rien négliger pour tout ce qui leur seroit nécessaire, & le faisant Juge du besoin qu'il avoit d'un tel secours.

Le Roy, la Reine & la Princesse ne pouvoient rien comprendre au procedé d'Arrogantin, ou plutôt à celui de Brandatimor : le premier vrai semblablement n'agissoit pas sans ordres, & la marque de mépris qu'ils en avoient reçû, leur paroissois-

roiſſoit avec raiſon , s'accorder
mal avec la demande qu'il leur
avoit faite de la Princeſſe leur
fille.

On ſe prépara vivement à la
guerre , & tous les autres Princes qui ſe trouverent à la Cour,
offrirent leurs ſervices & deman-
derent les plus grandes Charges
de l'Armée. Courtebotte ne fut
pas un des derniers à témoigner
ſa bonne volonté. mais il ne demanda que l'emploi d'Aide de
Camp auprès du Géneral qui
fut nommé pour commander
l'Armée : c'étoit un vieux parent
du Roy , fort galant homme , &
célebre par ſes victoires.

Quand l'Armée fut aſſemblée,
elle marcha ſur la Frontiere ;
elle arriva aſſez à tems pour
s'oppoſer à celle que Brandatimor aſſembla avec fureur, dans

la

la réſolution de faire la conquête
de Zibeline & de ſes Etats, &
de ſe vanger de toutes les inſul-
tes qui lui avoient été faites en
la perſonne de ſon Ambaſſadeur.
Tout ce que l'Armée de Farda-
Kinbras put faire au commencement de la campagne, ce fut
d'être ſur la défenſive, & de s'oppoſer aux fureurs d'un Roy brutal & outragé. Courtebotte s'ac-
quit l'eſtime des Officiers & des
Soldats, & cette eſtime ne le
rendit encore que plus doux avec
les égaux, & plus ſoumis avec
les Géneraux. Il battit les Troupes ennemies toutes les fois qu'il
les rencontra, & qu'il ſe trouva
avoir de petits commandemens,
& la fortune enfin ſecondant ſa
bonne conduite & ſa valeur,
il eſt aiſé de s'imaginer quelle
étoit la jalouſie de ſes Rivaux.

Enfin

Enfin Brandatimor qui vouloit
à quelque prix que ce fût satisfaire sa fureur, trouva le moyen
d'engager une affaire génerale ;
elle fut terrible, mais malgré la
valeur des Troupes de Farda-
Kinbras, malgré les secours &
l'activité de Courtebotte, la bataille fut perduë, & le Géneral
fut tué. Courtebotte sauva la vie
à plusieurs de ses Rivaux, &
nommément au Prince Fadasse.
Il fit plus, car après la mort du
Géneral, ce fut lui qui fit la retraite de l'Armée ; il en sauva les
débris & jetta des Troupes dans
toutes les Places qui pouvoient
être attaquées. Il tourna tête
cent fois dans sa retraite contre
les Vainqueurs, & les contraignit cent fois de s'arrêter ; enfin
tantôt par les actions personnel-
les, tantôt par la façon dont il
posta

pofta fes Troupes, il empêcha les progrès de la victoire. La rigueur de la faifon furvint, qui fufpendit toute hoftilité.

Courtebotte revint auprès du Roy, qu'il trouva dans une confternation infinie, & qui n'imagina pas de meilleur expedient, que de confier le commandement de l'Armée à notre Héros; il le pria de l'accepter, & rien ne fe fit plus à la Cour que par fes confeils. Une plus grande autorité ne lui attira que plus d'amis. L'amufement de fon efprit plaifoit à celui de Zibeline, il la voyoit fouvent; mais du côté du cœur il ne faifoit pas le plus foible progrès. L'hyver fe paffa, pendant lequel Courtebotte fe conduifit, comme je viens de le dire, & pendant lequel il forma les projets de la Campagne

que

que l'on alloit commencer.

Sur ces entrefaites il reçut des
nouvelles du Roy Biby. Elles
étoient telles qu'il les pouvoit
déſirer, puiſqu'elles lui apprenoient le départ de douze mille
Barbets de ſes meilleures Troupes, & qui tous n'avoient ſuivi
que leur bonne volonté, pour
venir combattre & ſecourir ſon
bon ami Courtebotte. Biby lui
mandoit encore de faire trouver
ſes ordres ſur les Frontieres, &
que le General Barbeſalle les re-
cevroit, ſoit pour les quartiers
de rafraîchiſſemens, ſoit pour
ceux d'aſſemblée.

Courtebotte charmé d'avoir
un ſecoùrs ſi conſidérable, réſolut de l'employer utilement.
Il pria donc Barbeſalle de tenir
ſon arrivée ſecrette, de faire fi-
ler ſes Troupes & de les répan-
dre

dre fur la Frontiere dans les gar-
nifons amies ou ennemies, le
tout à fa volonté, & convint
avec lui des moyens de les réü-
nir quand il feroit néceffaire.

Courtebotte reçut fes ordres
pour la Campagne, & carte-
blanche pour tout ce qu'il voudroit faire. Il arriva fur la Frontiere, & convint d'un rendez-
võus avec Barbefalle. Ils eurent
enfemble une grande conférence
par écrit. Barbefalle étoit réellement un grand homme de
guerre : non-feulement il avoit
beaucoup de valeur, mais il avoit
encore l'efprit très-expédient, &
notre Héros le pria de paffer
quelques jours avec lui *incognito*.

L'Armée de Farda-Kinbras
n'avoit de favorable pour elle,
que la confiance qu'elle avoit en
fon nouveau Géneral. L'Armée
en-

ennemie avoit au contraire la préfence d'un Roy qui commandoit
en perfonne, & dont l'amour &
la vanité étoient révoltés ; elle
avoit de plus le fouvenir de fa
derniere victoire. Courtebotte
réfolut d'accepter la bataille que
l'on lui préfentoit, mais il ne
prit un tel parti, qu'après être
convenu de fes démarches avec
Barbefalle. Ce grand Barbet en
conféquence du confeil qu'ils
avoient tenu, détacha des Ay-
des de Camp pour donner les
ordres de marche & de rallie-
ment à tous les Barbets dans
leurs differens quartiers ; & après
les avoir mis au fait des difpofitions du Géneral, les Barbets fe
trouverent d'une bonne volonté
à toute épreuve. Courtebotte
accepta donc la bataille, & préfenta un front à l'Ennemi, qu'il
fut

fut obligé d'étendre beaucoup,
car il étoit fort inférieur en
Troupes. Brandatimor comptoit
fur une victoire complette & certaine ; tout en effet devoit l'en
affurer. L'ardeur de fes Troupes,
la fuperiorité de fes forces, &
furtout la vanité que peut avoir
un Roy déja vainqueur. Quand
le fignal de la charge eut été
donné, & que les Troupes furent prêtes à fe mêler, tous les
Barbets qui avoient reçû leurs
ordres, & auxquels il avoit été
aifé de faire leurs difpofitions
fans être foupçonnés ni remar-
qués, fauterent en même tems
fur la croupe de chaque Cava-
lier de la premiere Ligne ; ils ne
fe contenterent pas de mettre les
Efcadrons en défordre, par la
furprife que leur mouvement
caufa naturellement aux Chevaux,

vaux, ils sauterent encore à la gorge des Cavaliers, en démonterent un grand nombre, & conduisirent les Chevaux dont ils s'étoient ainsi rendus les maîtres, dans le flanc des Bataillons, qu'ils mirent aisément en désordre; & Barbesalle avec mille Barbets des plus déterminés ébranla la Maison du Roy. Il ne fut pas difficile à Courtebotte de profiter d'un aussi grand avantage, il remporta donc une victoire complette, il combattit personnellement Brandatimor, & malgré sa fureur, il le fit prisonnier de guerre. Mais ce Prince dont personne ne plaignoit la destinée, en arrivant aux pieds du Trône de Zibeline où Courtebotte l'envoya, mourut subitement. On attribua cette mort à une révolution d'orgüeil. Courtebotte

tebotte après la victoire, renvoya les Barbets dans leur Pays, avec des Lettres pour Biby pleines de leurs éloges & des grandes obligations qu'il leur avoit. Il les pria d'obſerver pour leur retour, les mêmes précautions qu'ils avoient priſes pour arriver. Il en réſerva ſeulement cinquante des plus jeunes & des plus déterminés, qu'il choiſit pour ſa garde parmi les Grenadiers. Mais ce qui prouve bien que la valeur & même la témerité ne font pas toujours périr ceux que la Nature honore de ce ſentiment, & qu'au contraire il en périt moins de ceux-ci, c'eſt que dans cette grande journée on ne perdit guére plus de 400. Barbets.

Courtebotte employa deux mois pour aſſurer à Farda-Kinbras

bras la conquête qu'il fit de tous les Etats de Brandatimor. Après ce tems, il revint à la Cour comblé de gloire adorer Zibeline, qui le reçut avec la fimple joye que la victoire & les fuccès de notre petit Heros pouvoient lui donner, mais fans éprouver, ni témoigner la plus foible émotion de cœur telle qu'elle pût être. L'on ignora le fecours effentiel dont les Barbets avoient été pour la victoire ; ainfi Courtebotte & les Troupes reçurent des éloges à perte de vûe. Pour le General, il les reçut encore avec une plus grande modération qu'à fon ordinaire, puifqu'il n'ignoroit pas à qui il étoit redevable de fa victoire.

Pendant le tems que Courtebotte affuroit les conquêtes du Roy, Fadaffe & les autres Prin-

Tome I. E ces

ces hâterent leur départ, pour entreprendre la conquête de la Montagne de Glace, que la guerre avoit suspenduë : Ils avoient vû une si bonne conduite en Courtebotte, tant de valeur & tant de ressource dans l'esprit, qu'ils crurent ne devoir pas se laisser prévenir par un homme tel que lui. Ils partirent donc avec un empressement infini. Courtebotte à son retour apprit leur départ avec grand chagrin; & quoique ce fut pour les intérêts de la Princesse qu'il eut retardé l'exécution de sa grande entreprise, cette même Princesse qui ne connoissoit point le mérite des sacrifices, ne lui en sçut pas le moindre gré ; & bien loin de le consoler d'une peine qu'il n'éprouvoit que pour la gloire de ses armes, il ne reçut d'elle que

de

de ces éloges où l'esprit a part, & qui ne flattent que la vanité, sans rien témoigner au cœur. Courtebotte étoit trop amou- reux, & il avoit le cœur trop délicat, pour ne pas ressentir vi- vement toute la froideur de Zi- beline : Il fallut donc qu'il se con- tentât d'être loüé froidement par la plus belle bouche de l'U- nivers. Pour les éloges qu'il re- çut du Roy, ils furent propor- tionnés aux obligations qu'il avoit à notre Heros. Tous les Poëtes celebrerent à l'envi, un homme qui leur avoit donné par ses conquêtes & sa victoire, le plus beau champ pour la Poësie; mais il y en eût dans ce nombre d'assez Poëtes pour exalter la majesté de sa taille.

Quoiqu'il en soit, Courtebotte occupé de son amour & de son

projet , fit cent mille queſtions
au fidele Mouſta. Ce fut en vain
qu'il le retourna de toutes les
façons poſſibles , pour trouver
quelque rayon d'eſpérance; Mouſta ne lui put apprendre ſur les
ſentimens de la Princeſſe , autre
choſe que ce dont il n'étoit que
trop convaincu par lui-même ;
mais il éprouva du moins par
toutes ſes queſtions, la conſola-
tion d'être parfaitement ſûr que
le cœur de Zibeline étoit abſolument indifférent ; car la premiere idée des amans , quand ils
ne ſont point aimés , eſt toujours
de s'imaginer que le cœur de
l'objet qu'ils adorent , eſt pré-
venu de paſſion pour un autre.
Ils ont quelquefois raiſon , mais
il n'en étoit pas ainſi de Zibeline.

Courtebotte ne pouvant réſiſ-
ter

ter au défir de tenter l'avanture
de la Montagne, animé par l'a-
mour & par la gloire, détermina fon départ. Le Roy & toute
la Cour firent tout leur poffible,
non feulement pour le retarder,
mais encore pour l'en empêcher;
car tout le monde étoit au défefpoir de le voir s'expofer à un
péril, auquel tant de Princes &
de Héros avoient déja fuccom-
bé. Courtebotte fut inébranla-
ble dans fa réfolution. Il apprit
du moins pour fe confoler des
retardemens qu'on avoit exigé
de lui, que Fadaffe, tout fon
grand train, & les autres Princes qui depuis peu s'étoient expofés à l'avanture: il apprit, dis-
je, qu'ils avoient eu le fort de
ceux qui les avoient précedés,
& qu'ils avoient péri dans les
glaces. Cet exemple récent au-

E 3   roit

roit dégoûté toute autre que
Courtebotte ; mais il fentit au
contraire à cette nouvelle redoubler fon défir : Il fut donc prendre congé du Roy & de la Reine , qui lui dirent adieu en fondant en larmes. Il fut enfuite
baifer la main de la belle Zibeline, qui la lui donna du même
fang froid qu'elle la lui avoit
donnée le premier jour de fon
arrivée. Il la baifa , cette belle
main , non fans éprouver une
émotion infinie. Le Roy étoit
préfent à cet adieu ; & toute la
Cour hommes & femmes , les
dernieres fur tout , hauffoient les
épaules , & voyoient avec indi-
gnation la froideur de la Princeffe , tant Courtebotte avoit
captivé les inclinations de tout
le monde. Enfin le Roy lui adref-
fant la parole , lui dit : ʺ Prince,
ʺ vous

» vous avez conſtamment refuſé
» tout ce que j'ai voulu vous of-
» frir ; les plus grands Rois de
» la terre en euſſent été tentés ,
» mais au moins vous ne refuſe-
» rez pas une galanterie que je
» veux que la Princeſſe vous
» faſſe : c'étoit une Manthe de
Martres , dont la Princeſſe étoit
ordinairement parée. Elle étoit
admirable contre le froid ; mais
la beauté de la fourure rehauſ-
ſoit admirablement l'éclat du
tein de Zibeline , & ce n'étoit
pas ſans raiſon qu'elle étoit ſa
parure favorite. Courtebotte fut
honoré & charmé de la propo-
ſition du Roy. La Princeſſe y joignit un compliment poli ; &
Courtebotte partit avec cette
ſuperbe fourure, un petit fagot de
toutes ſortes de bois, accompagné
ſeulement de deux Barbets les

plus beaux que l'on pût voir, &
qui étoient le Capitaine & le
Lieutenant des cinquante Gardes qu'il avoit retenus des Troupes du Roy Biby. Il n'avoit jamais voulu par modestie que la
Compagnie entiere parût à ses
côtés ; il l'avoit toujours tenu
cantonnée dans divers quartiers
de la Ville, & n'avoit jamais eu
avec lui que l'Etat Major de la
petite Troupe : il avoit donné
rendez-vous aux autres sur la
Frontiere à jour nommé, & leur
avoit ordonné de défiler par un
ou par deux au plus, afin de ne
se point faire remarquer sur la
route. Quel équipage pour un
homme qui venoit d'ajouter un
grand Royaume, à celui duquel
il partoit adoré & respecté de
tout le monde ! Plusieurs personnes des plus considérables,
vou-

voulurent non-seulement le conduire, mais encore l'accompa-
gner; il conjura qu'on lui laissât
avec son cheval ce qu'on appelle
un briquet pour faire du feu,
son fagot moitié sec & moitié
verd, & ses deux chiens. On lui
obéït avec peine; & malgré la
simplicité de son Equipage, il fut
reçu dans toute l'étenduë du
Royaume avec une magnificence
infinie, & des marques d'amour
& de considération du Peuple,
plus flateuses certainement pour
les grands hommes, que les monumens élevés par la seule flate-
rie à l'honneur des Princes. Enfin il arriva à la Frontiere, c'est-
à-dire, au dernier village habi-
té; & ce fut là qu'il laissa son
cheval en dépôt, au cas qu'il fût
assez heureux pour revenir d'u-
ne entreprise où tant d'autres

E 5   avoient

avoient échoüé. A quelques pas
du village , il se trouva sur la
neige sans appercevoir, tant que
la vüë put s'étendre , aucun autre objet. Ces immensités de
neiges ont en elles - mêmes une
sorte de beauté , mais c'est une
beauté pleine d'horreur. Il trouva les quarante - huit Barbets,
ausquels il avoit donné rendez-
vous , qui l'attendoient en bataille. Il les accueillit, & prononça quelques sons qu'il avoit
appris du Capitaine & de Mousta ; mais comme il avoit apporté
une Ecritoire, dont l'encre heureusement ne se trouva pas encore gelée, il écrivit un remer-
ciment que le Capitaine lut à la
tête de sa Troupe. Ils l'assure-
rent tous d'une fidélité à toute
épreuve ; & pour lors, ils commencerent à se mettre en marche.   Le

Le commencement de fa route étoit un peu frayé ; en tout cas, elle n'étoit pas difficile à tenir, car ils n'en avoient point d'autres que d'aller directement au Nord. Quand ils eurent affez marché pour fe repofer, Courtebotte dont l'efprit réflechiffant, ne laiffoit rien en arriere de ce qui pouvoit lui être utile, fe fervit, fuivant le projet qu'il en avoit dès long-tems médité, de cette efpece de poudre de projection, qu'il avoit ramaffé fur le Vaiffeau Forêt, qui avoit abordé l'Ifle déferte. Une petite pincée de cette poudre, vivifia toutes les branches de fon petit fagot; elles s'acrurent en un moment, les fruits mûrs fuccederent à l'inftant aux fleurs ; par ce moyen Courtebotte trouva des fecours contre la faim : tou-

E 6   tes

tes les branches qu'il avoit fou-
poudrées, ne pousserent pas en
feuilles & en fruits : celles de
bois mort s'accrurent, & pousserent en cette espece avec tant
d'abondance, qu'avec le secours
des chiens, il fit aisément une
grande enceinte de feux, au milieu desquels ils se rangerent; &
par le secours de ces feux, les
neiges & la glace en se fondant,
leur laissoit très-souvent voir la
terre à découvert. Voilà quel fut
leur espece de campement, & la
façon dont ils passerent non-seulement cette premiere nuit, mais
encore toutes les autres de leur
route. Ce ne fut pas encore le
seul bonheur qui leur arriva,
quelques Barbets que l'on avoit
envoyé à la découverte, trouverent à quelques pas de leurs
feux, un cheval chargé de provisions,

visions, & sur-tout, de biscuits.
Ils revinrent chercher des tisons
bien enflammés ; & peu à peu,
ils dégelerent le pauvre animal,
& le conduisirent à Courtebotte. Mais comme le froid excessif
rend tous les corps incorrupti-
bles, ils dégelerent aussi les provisions, qui leur furent d'un
grand secours. Ce fut de cette
façon que Courtebotte voyagea
près de six mois ; tantôt lui &
ses chiens vivants des trufles &
des pommes de terre admirables, qu'ils sçavoient trouver
dans la terre qu'ils découvroient;
tantôt par les châtaignes, & autres fruits de toute espece qui
croissoient beaucoup au-de-là de
leurs besoins, & quelquefois
par les provisions qu'ils rencon-
troient, comme celles dont j'ai
déja parlé : au reste, les branches

ches d'arbres fruitiers, & celles
de bois mort ne leur manque-
rent jamais; car il avoit le foin
d'en couper une petite branche
de chacun de ceux qu'ils laif-
foient à leur dernier gîte, & de
l'emporter avec eux.

Courtebotte avoit défendu,
fous peine de la vie, qu'on dé-
gelât aucun de ceux dont la route étoit remplie. Ils eurent bien
de la peine à foutenir l'horreur
des fujets qui fe préfentoient à
tous les momens, tels que toutes les figures d'hommes & de
chevaux, que la rigueur du froid
avoit confervé fi fort en leur entier ; que non-feulement ils é-
toient reconnoiffables, mais encore que l'on pouvoit diftinguer
fur leurs vifages, les mouvemens
affreux dont leur ame avoit été
affectée au moment de la con-
gellation.

gellation. Il y avoit plus de trois
mois que Courtebotte & sa Troupe étoient en marche : ils apper-
cevoient depuis long-tems une
Montagne qui se distinguoit par
sa hauteur au-dessus de toutes les
autres dont elle étoit environnée;
c'étoit en effet le lieu tant désiré. Enfin Ils arriverent au pied
de cette même Montagne, la
plus escarpée que l'on puisse imaginer. Son escarpement en eût
rendu l'abord impratiquable,
sans le secours du feu avec lequel Courtebotte se formoit des
esplanades pour se reposer, &
des routes pour avancer. Le Palais qui couronnoit cette Montagne, étoit immense par son éten-
düe, & superbe par sa structure.
Tout ce que l'Architecture peut
avoir de grand & de correct, se
trouvoit exécuté en neiges gla-
cées.

cées. Quelle habitation ! quelle
folitude ! & quels entours pour
un jeune Cœur !

Avec une chaleur bien ména-
gée (car fi il n'eût pas apporté
de grandes précautions , il eût
été abîmé par la fonte de ces
fuperbes planchers) il parvint
après avoir traverfé des Cours,
des Salles & des Appartemens
immenfes , jufqu'aux pieds d'un
Trône, fur lequel il apperçut un
Carreau de neige , & fur ce Carreau un Diamant , dont l'éclat
étoit prodigieux , & dont la blan-
cheur furpaffoit toute celle dont
le Palais de neige l'environnoit.
Ces mots étoient écrits au-deffus
du Trône en caracteres de con-
gellation. *Mortel que le courage*
& la vertu ont rendu poßeßeur du
cœur de Zibeline , joüis en paix
d'un bonheur que tu mérites außi
parfaitement. Cour-

Courtebotte monta avec ardeur les dégrés du Trône, & ſe
ſaiſit du Diamant qui renfermoit
tous les ſentimens de la plus
belle Princeſſe de la terre. Pour
lors ſemblable à ceux qu'un violent déſir conduit au bout d'une
carriere, & que la ſeule agitation de leurs ſens leur a fait parcourir, mais à qui l'épuiſement
ne permet plus de faire de nouveaux efforts, il n'eut que le
tems d'enfermer le Diamant dans
ſon ſein, & dans l'inſtant même il tomba évanoüi. Les bons
chiens ne l'abandonnerent point,
ils l'emmenerent hors du Palais,
& le firent revenir à lui. Poſſeſſeur du cœur de Zibeline, dont
il étoit mille fois plus flatté que
de l'honneur d'avoir mis à fin
une ſi belle avanture, il quitta
ſans peine la Montagne de Glace,

ce, & le beau Palais dont il avoit été contraint de détruire une partie par la chaleur qu'il avoit été obligé d'employer pour ne pas fuccomber au froid : tant il eft vrai que les hommes quand ils font animés d'une paffion, détruifent les plus beaux monumens, & que rien dans le monde ne peut réfifter à leur induftrie. Il reprit exactement la route qu'il avoit fuivie pour arriver. Tous ceux qui s'étoient expofés pour l'amour de Zibeline, le toucherent de compaffion. Il ordonna donc à fes Barbets de battre tous les jours l'eftrade fur les neiges avec une grande exactitude, de s'étendre auffi loin qu'ils le pourroient, de réchauffer, & par conféquent de ranimer tout ce qu'ils trouveroient d'animal qui eût eu vie. Ses ordres

dres furent exécutés ; de sorte
qu'il ramena tous ceux que l'on
croyoit perdus , & qui en effet,
l'auroient été sans son secours.

Quand il fut arrivé sur la Frontiere , ce qui n'avoit été en lui
que l'effet de la compassion , produisit celui que la plus forte vanité auroit pû rechercher ; car il
avoit à sa suite plus de cinq cens
Princes Souverains , sans compter les Feudataires, leurs Ecuyers,
& toute leur suite. Il arriva donc
au Village où il avoit laissé son
cheval; & y entra avec un cortege , qu'aucun Prince de la terre n'avoit eu jusqu'à lui, & qu'aucun autre n'aura, je crois, jamais.
L'obligation récente que tous
ceux qui composoient ce cortege , avoient à notre petit Heros,
formoit une Societé charmante;
mais il faut tout dire , Courtebotte

botte vivoit avec eux d'une façon si simple, qu'il en étoit adoré. Il est certain que la modération mérite un éloge, mais ce
n'est pas l'endroit de son histoire
sur lequel j'insisterois davantage.
Il étoit maître du cœur de Zibeline ; quand on a ce qu'on a
désiré avec autant d'ardeur, il est
bien aisé d'être doux, & d'avoir
l'humeur accorte ; & le bonheur
dont nous joüissons, nous porte
aisément à la compassion.

Quoiqu'il en soit, à peine Courtebotte avoit-il retrouvé son cheval, & fait quelques lieuës pour
ainsi dire dans les terres, qu'il
rencontra le fidele Mousta, qui
venoit à tout hazard au-devant
de lui. Il ignoroit le succès favorable qu'avoit eu son entreprise,
l'excès de son attachement pour
Courtebotte, & sur-tout le changement

gement qu'il avoit remarqué dans la personne de Zibeline, l'avoient obligé de quitter la Cour pour venir au-devant de son cher Maître, le retrouver ou périr à son tour dans les glaces; enfin il avoit si bien fait, qu'il s'étoit perdu du Palais, & la Princesse en avoit été inconsolable. Courtebotte apprit donc par le fidele Ecuyer, qu'il faisoit écrire sans cesse, que Zibeline, depuis un certain tems qu'il lui détermina, (& c'étoit précisément celui de la conquête) avoit été triste, que l'on avoit remarqué qu'elle avoit de l'humeur, & que même elle étoit devenuë difficile à servir. Il ajouta que souvent elle avoit parlé de lui; enfin il entra dans des détails avec Courtebotte, qui le mirent au comble de sa joye.

Mousta n'ayant pû par son état
de

de Barbet, avoir des confidences entieres, ne se trouvoit au fait que des minuties & des bagatelles qu'il avoit rassemblées ; mais comme rien n'est bagatelle pour un amant bien empressé, Courtebotte lisoit avec avidité jusqu'à la moindre circonstance. Mousta avoit été frappé sur toutes choses des amitiés particulieres qu'il avoit reçûes de la belle Zibeline, & dont le genre étoit devenu bien different de celles qui les avoient précedé.

Courtebotte reçût un Courier du Roy & de la Reine, il avoit été dépêché aussi-tôt que l'on avoit appris ses heureux succès, & la Princesse lui fit faire des complimens par le Courier.

A deux journées de la Ville, les Equipages du Roy vinrent au-devant de Courtebotte : tous
les

les Peuples le regarderent déja comme leur Maître, & vouloient lui rendre les honneurs qu'ils lui devoient en cette qualité. Non-seulement il les recevoit avec modestie, mais encore avec répugnance. Il ordonna à Mousta de se rendre auprès de Zibeline quelques jours avant son arrivée, & l'on ne peut exprimer la jôye avec laquelle il fut ramené à la Princesse. Quelque rare mérite qu'eût ce fidele Barbet, Courtebotte l'avoit donné, & c'étoit ce qui depuis un tems, le lui avoit rendu cher.

Enfin notre Heros arriva dans la grande Ville de Trelintin. Je passe sous silence les magnificences de la réception qui lui fut faite, pour ne m'attacher qu'aux sentimens particuliers. Courtebotte en arrivant, voulut baiser

les

les mains de Farda-Kinbras &
de Birbantine ; mais l'un & l'autre lui firent l'honneur de l'em-
braffer, en lui difant qu'ils le regardoient comme le Maître de
leurs Etats , & le poffeffeur de
leur fille. Courtebotte leur dit
que fur cette article il avoit bien
des chofes à leur déclarer. Il
paffa enfuite chez la Princeffe,
qui rougit en le voyant , & qui
pour la premiere fois de fa vie,
ne put trouver rien à dire. Ce fi-
lence élégant de l'amour , fut
exprimé entr'eux , & fe trouva
accompagné de tout ce qu'il peut
avoir de plus agréable. Enfin le
Prince tira de fon fein le gros
Diamant qu'il avoit pris dans le
Palais de Glace, & le remettant
entre les mains de Zibeline, il
lui dit : » Voila, Madame, ce que
» je n'ai pas encore acheté, par
» affez

» aſſez de périls, ni par une aſſez
» grande quantité de travaux.
» Hélas! Prince, dit-elle, vous
» ne l'avez conquis que pour
» vous; & ſi je l'acceptois de vos
» mains, ce ne ſeroit que pour
» avoir le plaiſir de vous en ren-
» dre de nouveau poſſeſſeur.

Le Roy & la Reine entre-
rent à cet inſtant de leur converſation, & l'interrompirent pour
lui faire toutes queſtions imaginables, & ſouvent lui redeman-
derent les mêmes choſes auſ-
quelles il avoit déja répondu
pluſieurs fois. Mais comme il y
a toujours un propos favori ſur
un évenement, celui de ce jour-
là, qui lui fut, je crois, tenu
par plus de mille perſonnes, fut:
Vous avez donc eu bien froid ?
Le Roy n'étoit venu chez la
Princeſſe ſa fille, que pour me-

ner Courtebotte au Conſeil , &
le déclarer tout à la fois ſon gendre & ſon ſucceſſeur. Courtebotte ſuivit le Roy ſans ſçavoir
ſon deſſein. Quand il ſe vit en
préſence de tous les Grands
qu'on avoit aſſemblés , & de tous
les Etats du Royaume , il prit la
liberté d'interrompre le Roy au
commencement de ſa harangue,
& lui dit à haute voix : ” Si j'a-
” vois pû prévoir les bontés de
” Votre Majeſté , je l'aurois pré-
” venu ; mais puiſque l'exactitu-
” de à tenir ſa parole l'a fait agir
” avec autant d'empreſſement,
” je lui déclarerai que je ſuis in-
” digne de toutes les bontés dont
” elle veut m'honorer , par le
” malheur de ma naiſſance. ”
Alors il conta tout ce qu'il en
ſçavoit , & ne cacha point qu'il
étoit le fils d'un Païſan. Quand
il

il eut tranché le mot, le ciel
tout à coup s'obscurcit, le ton-
nere se fit entendre, & les éclairs
brillerent. Au bruit de cette ora-
ge, on vit succeder une grande
lumiere ; c'étoit la bonne Fée
Guerlinguin qui descendit de son
Char à la fenêtre de la Salle du
Conseil. Elle étoit in fiochi, c'est-
à-dire, dans le plus brillant équipage de la Féerie, & portoit sous
son bras le plus joli Barbet du
monde. Elle adressa la parole à
Courtebotte, en lui disant : » Je
» suis contente de votre modé-
» ration, & sur-tout de votre
» bonne foi ; » puis se tournant
vers le Roy, elle déclara la naif-
sance de ce Prince, conta l'histoire de sa vie, & lui dit : » Votre
» vertu vous a mis au comble de
» vos vœux, non-seulement du
» côté de l'amour & de la gloi-

F 2   re,

» re , mais encore du côté de
» l'amitié, puisque vous allez re-
» voir le Roi Biby , & tous ses
» sujets reprendre leur état na-
» turel, qu'ils ne devront qu'à
» vous ; je vous ai fait passer par
» toutes les épreuves qui contri-
» buent à former un Roy juste &
» grand ; je vous ai mis en état
» de trouver des ressources en
» vous - même. Je vous ai fait
» connoître l'amitié, & ressentir
» non-seulement les plaisirs qu'-
» elle procure , mais encore les
» véritables secours qu'elle seule
» peut faire trouver dans le
» cours de la vie. Voilà, je crois,
» la meilleure éducation que l'on
» puisse donner à un homme qui
» doit commander aux autres.
» Il ne vous reste plus désormais
» qu'à pratiquer sur le Trône,
» les vertus que vous avez fait
» pa-

» paroître pendant que vous ne
» connoiſſiez en vous qu'un hom-
» me obſcur. Je ſçais que c'eſt
» un point qui n'eſt pas ſans dif-
» ficulté, mais je l'eſpere de la
» bonté de votre cœur. » Pour
lors on vit arriver un Char tiré
par des Aigles, qui par les ordres de la Fée, conduiſoient le
Roy & la Reine deſquels Courtebotte avoit reçû la naiſſance.
Ils embraſſerent leur cher enfant
avec des mouvemens de joye infinis, & le trouverent en effet,
comme leur avoit prédit Guerlinguin, tout couvert de fourure.
Pendant qu'ils careſſoient auſſi
Zibeline, & qu'ils lui prenoient
les mains à force, (car j'ai remarqué que c'eſt la careſſe que
les ſots font aſſez volontiers) on
vit arriver de tous les côtés de
la terre, & l'on découvrit à cha-

F 3 que

que inftant fur l'horifon, des Chars de toutes les efpeces, qui conduifoient un nombre infini de Fées. » Sire, dit Guerlin-
» guin au Roy Farda-Kinbras,
» j'ai donné rendez-vous dans
» votre Cour à toutes les Fées
» que des affaires preffantes n'oc-
» cupoient pas indifpenfable-
» ment ; j'ai crû que vous ne le
» trouveriez pas mauvais, & que
» vous feriez bien-aife de donner
» chez vous le grand Bal, auquel
» nous nous trouvons pour l'or-
» dinaire tous les cent ans. » Le Roy répondit, comme il le devoit, à cette faveur. On fit la paix entre lui & Guarlangandino, & ce fut le Roy & Elle qui menerent le grand branle. Marfontine rendit fa premiere forme au Roi Biby, & tous fes fujets éprouverent la même faveur ; ce Prince

ce parut alors auſſi beau Prince, qu'il avoit été beau Barbet, & épouſa ce jour là même la Reine des Indes, à laquelle on avoit envoyé un des Equipages de ces Dames. Enfin, jamais nôces ne ſe firent avec tant d'éclat que celles de Courtebotte & de Zibeline : ils vécurent heureux ; leurs enfans partagerent tous leurs Royaumes ; & Courtebotte en reconnoiſſance de la fourure de Marthre, dont la Princeſſe lui avoit fait préſent pour ſon voyage, donna le nóm de Zibeline aux plus belles Marthres, pour les diſtinguer des autres ; & ce ſurnom s'eſt tranſmis juſqu'à nous.

ROSANIE,

CONTE.

PERSONNE dans le monde n'ignore que toutes les Fées, quoiqu'elles vivent plusieurs siécles, sont sujettes à la mort & à toutes les infirmités de l'animal dont elles sont obligées de prendre la figure un jour de la semaine. Ce fut dans une pareille circonstance que périt malheureusement la Reine des Fées. On prononça les éloges de la Défunte ; l'on convoqua (suivant l'usage) l'assemblée generale des Fées, & l'on proceda à l'élection d'une nouvelle Reine ; après bien

des

des débats, toutes les voix se
réünirent enfin sur deux d'entre
elles. L'une se nommoit Paridamie, & l'autre Surcantine. Elles
étoient célebres par leurs talens,
& recommandables par leur
capacité. Leur mérite étoit si
parfaitement égal, que malgré
les lumieres des Dames qui composoient l'Assemblée, il n'étoit
pas possible de faire un choix, &
de donner la préférence, sans
commettre une injustice. Enfin,
pour accorder tout le monde,
l'on convint d'une voix unanime, que celle des deux qui pro-
duiroit aux yeux des Hommes
quelque chose de plus singulier
que sa concurrente, feroit dès
ce moment reconnuë pour la
Reine. L'Assemblée décida (avant
que de se séparer) que l'admiration que l'on causeroit aux hom-

F 5   mes,

mes, n'auroit point pour principe le boulverſement des Ele-
mens, non plus que tout le fra-
cas devenu ſi commun dans les
hiſtoires de Féerie. Elle déclara
authentiquement qu'elle ne vouloit ni Montagne tranſportée,
ni Métamorphoſe de cette eſpece. Surcantine en conſéquence
de ces réſolutions, forma le projet d'élever un Prince que rien
ne pourroit rendre conſtant ; &
Paridamie entreprit de faire voir
aux mortels une Princeſſe qui
ſoumettroit à elle tous ceux qui
la verroient un moment. On ne
limita point le tems qu'elles devoient employer à l'exécution de
leur ouvrage. Le Royaume fut
remis entre les mains des quatre
plus vieilles du Corps, que leur
grand âge éloignoit de toute
ambition.

Pari-

Paridamie avoit depuis long-
tems un grand fonds d'amitié
pour le Roy Bardondon ; ce
Prince étoit doüé de talens &
d'esprit ; & sa Cour magnifique
étoit le modele de la galanterie,
de la politesse & de la probité.
On n'a jamais vû une Cour sem-
blable à la sienne ; aussi la Reine
Balanice étoit-elle une personne
charmante. C'est encore ce que
l'on a vû bien rarement sur le
Trône, que deux Epoux à la fois
si parfaits.

De cette belle alliance il n'é-
toit venu qu'une fille qu'ils aimoient à la folie ; elle se nommoit Rosanie, nom qu'il n'avoit
pas été difficile de lui donner,
puisqu'elle étoit venuë au monde
avec une Rose charmante sur la
gorge. A l'âge de quatre ans,
elle avoit déja dit des choses

F 6   sur-

furprenantes ; & plufieurs Courti-
fans les fçavoient non-feulement par cœur, mais encore ils
les répetoient à tous les momens.
Au milieu de la nuit qui fuivit
l'Affemblée des Fées dont on
vient de parler, la Reine Balanice fit un cri perçant, qui réveilla le Roy Bardondon ; car
malgré la galanterie de leur
Cour, les bons Princes ne faifoient point lit à part. La Reine
dit à tous ceux qui vinrent à fon
fecours, que la douleur qu'elle
avoit témoignée, n'avoit d'autre
fondement, que l'illufion d'un
fonge : Il m'a paru, ajouta-t-
elle, que ma fille étoit devenuë tout à coup un Bouquet de
Rofes ; & dans le tems que j'en
examinois les fleurs, avec autant
de curiofité que de tendreffe,
un oifeau, charmant à la vérité,
est

est venu fondre sur moi, & me l'a enlevée. Que l'on aille au plutôt, continua-t-elle, sçavoir comment se porte ma fille ; on courut à son Appartement ; mais que devinrent le Roy, la Reine & toute la Cour, quand ils apprirent que Rosanie n'étoit pas dans son berceau ? Plus les recherches que l'on fit pour en avoir des nouvelles furent inutiles, & plus la Reine devint inconsolable ; Bardondon n'étoit pas moins affligé ; mais en homme ferme, il sçavoit renfermer sa douleur.

Le Roy proposa à Balanice d'aller passer quelques jours dans une maison de Campagne assez retirée, qu'ils avoient fait bâtir auprès de leur Capitale. Elle y consentit avec plaisir ; car la douleur est amie de la retraite. Un jour qu'ils se reposoient au milieu

lieu d'une étoile formée par douze allées, ils apperçurent dans
chacune une Paysanne qui venoit à l'endroit où ils étoient af-
sis, leur gentillesse, leur frai-
cheur & leur propreté attirerent
leurs regards : plus elles s'appro-
cherent de Leurs Majestés, &
plus elles trouverent qu'elles mé-
ritoient leur attention. Chacune
d'elles portoit une corbeille fort
agréable, & dont elles parois-
soient fort occupées, elles les
poserent aux pieds de Balanice,
& lui dirent : Charmante Reine
(car on n'a jamais parlé autrement à une Reine, quelque lai-
de qu'elle ait été) recevez cette
consolation dans vos malheurs.
Après ce compliment, elles dis-
parurent. La Reine ouvrit les
corbeilles avec empressement,
& trouva que chacune renfermoit

moit une petite fille de l'âge à peu près de celle qui caufoit fon affliction. Cette premiere vûë ranima fes douleurs, mais enfin les graces de ces jolis enfans la calmerent peu à peu, & finirent par la confoler tout-à-fait ; l'on ordonna fur le champ des Mies, des Femmes de chambre, des Filles de garde-robbe, on envoya chercher des charretées de poupées & de joüets, & l'on fit venir des hottes pleines de dragées & de confitures de la ruë des Lombards. L'on apperçut qu'elles avoient toutes au même endroit de la gorge une très-petite rofe, mais parfaitement bien coloriée.

La Reine avoit trop d'efprit pour ne pas fentir la difficulté qu'il y avoit à trouver tout à la fois douze jolis noms pour ces

douze

douze petites filles ; elle avoit
aussi trop d'usage du monde,
pour ne pas prévoir que la chose
exigeoit du moins un tems considérable, surtout en calculant les
jours que nous voyons passer à
une femme pour donner un nom
à un seul petit chien ; elle prit
donc le sage parti de les distinguer par le nom des couleurs
qu'elle leur attribua & dont elle ordonna qu'elles fussent toujours parées. Son ordre fut exécuté, & quand elles étoient chez
la Reine, elles formoient le plus
agréable comme le plus singulier
des Parteres. A mesure qu'elles
avançoient en âge, on découvrit
en elles, premierement un fond
d'esprit infini qu'une éducation
admirable dont elles avoient parfaitement profité, avoit orné de
tous ses agrémens. On vit aussi
que

que leurs caracteres differoient
abfolument. Ainfi perdant les
noms de gris de lin, de blanc,
&c. elles prirent à jufte titre ceux
de douce, de belle, de jolie, de
vive, de cauftique, de délicate,
de complaifante, d'enjoüée, de
férieufe, d'agréable, de fine &
de difficile.

L'on croira fans peine qu'en
voyant naître leurs agrémens qui
fe trouvoient fort au-deffus de
toute defcription, l'on voyoit en
même tems naître l'amour de
tous les jeunes gens de la Cour
& celui de tous les Princes Etrangers attirés par le bruit de tant
de beautés ; mais les filles de la
Reine (car l'on m'a fort affuré
que ce fut celle - ci qui créa la
premiere cette Charge dans fa
Maifon) ces belles filles, dis-je,
étoient auffi fages que jolies, &
l'a-

l'amour leur étoit abfolument inconnu ; elles ne faifoient donc que des paffions malheureufes, article fur lequel j'ai entendu dire que les autres filles des Reines qui leur ont fuccedé ne les ont pas toujours imitées.

Tant de differens caracteres & tous foutenus par la folidité & les agrémens de l'efprit, enlevoient donc tous les cœurs, non-feulement à l'indifference, mais encore aux paffions qui paroiffoient les plus vives. Telles étoient les douze plus jolies créatures qu'il fût poffible de rencontrer fur la terre.

Surcantine pour former l'inconftant auquel elle s'étoit engagé, jetta les yeux fur le fils d'un Roy coufin germain de Bardondon. Il étoit âgé de fept ou huit ans, lors du reglement des
Fées

Fées pour la fucceffion à la Couronne. Elle avoit doüé le jeune
Prince Mirliflore (car c'eft ainfi
qu'il fe nommoit) de tous les talens de l'efprit ; mais elle n'oublia
rien pour les redoubler encore ,
& ne négligea aucuns foins pour
embellir fa figure & l'orner de
toutes les graces féduifantes qui
font tant d'amans dangereux &
d'amantes malheureufes. Non-
feulement fa figure devint fingu-
lierement agréable, mais fon efprit doux & vif tout enfemble ,
produifoit avec autant de facilité que d'agrémens ces chofes fri-
voles qui amufent & qui fédui-
fent fi parfaitement les femmes :
le négligé comme la parure, con-
venoient également aux charmes de fa figure, les plus beaux
cheveux du monde ornoient fa
tête ; cette bouche féduifante de
la-

laquelle il sortoit sans cesse, &
sans aucune fadeur les discours
les plus flateurs, cette bouche,
dis-je, étoit ornée des plus belles dents du monde. Il avoit encore une voix séduisante & qui
portoit au cœur. Sa beauté étoit
mâle, & l'on ne pouvoit avoir
plus d'adresse pour tous les exer-
cices du corps ; il avoit une valeur naturelle, que les femmes
aimables, dont il avoit toujours
été environné, avoient encore
redoublé, (car les femmes de ce
tems aimoient de préference les
hommes courageux un peu plus
qu'elles ne les aiment aujour-
d'hui.) Ce fut encore pour l'é-
ducation du charmant Mirliflore
que Surcantine inventa les Romans; il ne faut pas croire qu'u-
ne chose qui entretient à la fois
la valeur & la tendresse dans le
cœur,

cœur, puisse avoir été inventée
par les hommes. La Fée inspira à ce jeune Prince les meilleurs sentimens du monde sur
tous les articles, excepté sur les
femmes ; elle lui représenta les
langueurs d'un attachement véritable en lui peignant les agrémens & les vivacités de la coquetterie si flateuse pour l'amour
propre. Enfin elle joignit à toutes les séductions dont elle avoit
sçû l'orner, ce faux sentiment
que nos jeunes gens n'ont que
trop aujourd'hui, & qui leur persuade que plus ils ont eu de femmes (même sans les aimer) &
plus ils sont recommandables.

Mirliflore à l'âge de dix-huit
ans, ne trouva plus rien dans la
Cour du Roy son pere qu'il pût
sacrifier à son inconstance. Il en
partit donc, & dans tous les
Pays

Pays où il alla, il éprouva le pouvoir de ses agrémens, & sçut employer avec succès la séduction.
Il fit des malheureuses sans nombre; mais comme l'amour propre sçait tirer parti de tout,
quelque affligées que pussent
être celles qui le perdoient, elles avoient du moins la consolation d'avoir été préferées ; c'é-
toit dans cette foule & dans ce
désordre de plaisirs, que Mirliflore avoit passé sa vie quand il
arriva à la Cour de son grand
oncle le Roy Bardondon. Quel
plaisir pour un homme coquet,
& de plus accoutumé à plaire, de
la trouver parée de cent Beautés ! mais que devint-il en appercevant les douze plus jolies
personnes que la Nature eût jamais formé. De leur côté elles
sentirent toutes beaucoup de
goût

goût pour lui, & ce goût égal en elles redoubla la situation embaraffante dans laquelle il se trouva; enfin il en vint au point de ne pouvoir être un moment fans elles. La Douce l'engageoit par des propos charmans, que la vivacité de l'autre lui faifoit oublier. L'Enjoüée le charmoit, mais il n'en étoit pas pour cela moins fenfible à la folidité des difcours de la Sérieufe; la Fine piquoit fon goût, & la Délicate le faifoit rougir. Il fe confoloit avec la Complaifante des plaifanteries qu'il avoit effuyées de la Cauftique; la Belle occupoit des regards que la Jolie lui enlevoit auffi-tôt. Enfin l'Agréable le féduifoit, & fa vanité étoit piquée du défir de plaire à la Difficile.

Une telle fituation rendit le
beau

beau Mirliflore infenfible à toutes les autres Beautés de la Cour; les agaceries, les billets, les lorgneries, les facrifices, toutes chofes qui jufqu'alors avoient fait fes délices & fa feule occupation, toutes ces chofes, dis-je, ne le purent animer, il reffentit l'amour pour la premiere fois, quoique douze perfonnes en fuffent l'objet, & Surcantine elle-même fut trompée à ce fentiment. Cet attachement pour un fi grand nombre lui parut la perfection de l'inconftance qu'elle avoit entrepris de produire. Elle triomphoit donc, & Parfidamie ne difoit mot.

Le pere de Mirliflore écrivit, mais inutilement à fon fils, qu'il défiroit fon retour, ce fut avec la même inutilité qu'il lui propofa un mariage très - avantageux.

geux. Le Prince ne put accepter aucune de ces propositions ; rien dans le monde ne pouvoit l'engager à se separer de ses douze Souveraines.

Un jour que Balanice donnoit une Fête dans les Jardins, & que le Prince ne sçavoit à laquelle entendre, on entendit bourdonner quelques Mouches à miel ; les belles filles en craignirent les piquûres, elles coururent en folâtrant ensemble pour les éviter, & par conséquent elles se séparerent de la compagnie. Pour lors les Mouches s'accrurent en un moment & devinrent suffisamment grandes pour enlever ces douze Beautés ; leurs cris & ceux des Spectateurs se perdirent dans les airs. Cette étonnante avanture fit éprouver à toute la Cour une affliction

Tome I. G bien

bien sincere. Pour Mirliflore, après les premiers momens d'un désespoir qui faisoit tout craindre pour ses jours, il tomba dans une langueur excessive. Surcantiné accourut en toute diligence pour lui donner du secours & le retirer d'un état si peu conforme à l'éducation qu'elle lui avoit donnée. Elle lui apporta trois Romans manuscrits qu'elle n'avoit pas encore eu le tems de faire imprimer, mais il ne daigna pas seulement les ouvrir ; il rejetta les Portaits des plus jolies femmes qu'elle lui présenta & dont il avoit autrefois fait un amas, comme un trophée à sa vanité. Enfin Mirliflore triste, sombre & n'aimant que la solitude, faisoit craindre pour sa vie. Un jour qu'il étoit le plus abandonné à ses tristes regrets, il entendit de

-tous

tous côtés des cris de joye, &
surtout d'admiration; sa curiosité
n'en fut point émûë, l'étonnement que tout le monde expri-
moit, étoit assurément bien fon-
dé ; l'on voyoit un Char de cris-
tal qui s'avançoit lentement dans
les airs, les rayons du Soleil rendoient la voiture éblouissante,
un nombre infini de Demoiselles
dont les aîles brillantes naturellement produisoient un éclat
merveilleux, portoient mille &
mille guirlandes qui formoient
un théatre de fleurs. Six autres
Demoiselles étoient attelées au
Char ; une jeune personne les
menoit avec une adresse & une
grace infinie, avec des rubans
de couleur de rose; cette marche, ou plutôt cette pompe,
étoit aussi brillante que galante,
mais tout ce spectacle ne se fit

G 2   plus

plus admirer, auſſi-tôt qu'il fut
poſſible de diſtinguer la Beauté
qui deſcendoit des Cieux. Péri-
damie étoit aſſiſe à ſes côtés,
elles mirent pied à terre l'une &
l'autre au bas du grand eſcalier
du Palais, & monterent chés la
Reine; elles y arriverent enfin
malgré la foule qui les environnoit, les Suiſſes eurent même
une peine infinie à leur faire faire
place, & le reſpect que l'on devoit au Palais ne put empêcher
les exclamations que l'on faiſoit
ſur la beauté dont on étoit
ébloüi. Grande Reine, lui dit
la Fée, voilà votre fille que je
vous amene, cette même Roſanie qui vous a été enlevée au
berceau. Après les premiers
tranſports d'une joye pareille à
celle que Balanice reſſentit: Et
mes douze filles, ne les verrai-
je

je plus, en suis-je pour toujours séparée, dit-elle tendrement à la Fée? Bien-tôt vous ne me les demanderez plus, lui répondit la bonne Peridamie, mais elle prononça ces paroles du ton qui fait sentir que l'on ne veut pas être poussé de questions ; pour lors elle disparut de l'appartement de la Reine, & remontant dans le Char d'une vîtesse égale à l'éclair, elle fut perduë de vûë dans l'immensité du Ciel.

L'on courut annoncer ces évenemens à Mirliflore, tout ce qu'on lui rapporta de la beauté de Rosanie ne fit pas la moindre impression sur son esprit, l'on eut même beaucoup de peine à le résoudre à venir rendre visite à sa belle cousine, la politesse & la bienséance furent les seules choses qui le déterminerent à

G 3 faire

faire cette démarche. Il fut frappé de toutes ſes beautés, ſa délicateſſe même étoit venuë au point de lui reprocher de ce qu'il trouvoit encore quelque choſe de beau dans le monde après lá perte qu'il avoit faite. La beauté toute ſeule n'a jamais fait un inconſtant ; mais à chaque inſtant de converſation, il découvroit dans le caractere & dans l'eſprit de Roſanie, tantôt un agrément, tantôt une grace, tantôt enfin une des ſéductions qui l'avoient enchanté dans les douze perſonnes dont il regrettoit la perte ; enfin il trouva dans le caractere de Roſanie tous les divers agrémens, comme il étoit frappé de tous les traits que ſon viſage lui retraçoit à la fois, un Amant auſſi éclairé, auſſi tendre que l'étoit Mirliflore, pouvoit-il
s'y

s'y méprendre ? Toutes les autres reconnoissances, la parole
de la Fée, tous les discours de
Rosanie elle-même n'étoient que
de foibles preuves auprès de celles que l'amour prononçoit; Mirliflore plus amoureux qu'on ne
le fut jamais, obtint aisément sa
belle cousine en mariage. Au
moment qu'il en fit la demande,
Peridamie parut triomphante,
elle étoit dans le plus beau des
Chars destiné à la Reine des
Fées, car elle en étoit déja la
Reine; Surcantine à la seule vûë
de Rosanie s'étoit départie de
ses prétentions. Peridamie rendit un compte très-exact du plus
grand miracle de la Féerie qu'elle avoit produit; elle apprit & de
quelle façon elle avoit enlevé
Rosanie, & comment elle avoit
séparé les douze caracteres afin

de les pouvoir plus aisément
rendre parfaits & détruire en
même tems l'inconstance de Mirliflore d'une façon qui ne lui fût
point suspecte, & qui cependant
fût certaine au moment de la
réünion d'un aussi grand nombre
de rares talens.

Les Nôces furent célebrées, &
les charmes de Rosanie avoient
si fort le don de la séduction,
que Surcantine elle-même voulut
faire un présent aux nouveaux
Mariés. Rosanie ressentoit elle seule autant d'amour qu'en
avoient éprouvé les douze Beautés. Pour Mirliflore il fut constant toute sa vie, (Eh ! qui ne
l'eût pas été ?) quoique son Re-
gne & sa vie ayent été de la plus
longue durée.

LE

LE PRINCE MUGUET,
ET
LA PRINCESSE ZAZA.

CONTE.

IL y avoit une fois un Roy & une Reine, qui donnoient tout ce qu'ils avoient, parce qu'ils étoient les meilleurs gens du monde, & qu'ils ne pouvoient laisser souffrir personne. Le Roy Bambou leur voisin, sçachant qu'ils n'avoient plus de tresors, entra dans leur Pays avec une grande Armée, & s'en empara.

G 5   Le

Le pauvre Roy n'ayant rien pour se défendre ni pour subsister, fut obligé de mettre une fausse barbe & de s'en aller à pied avec la Reine sa femme, emportant sur ses bras avec beaucoup de peine le petit Muguet, leur fils unique, âgé de trois ans, & dont la figure étoit charmante. Ces malheureux Princes eurent au moins le bonheur dans leur infortune, d'éviter les poursuites du méchant Roy Bambou qui vouloit les faire mourir. Ils traverserent les déserts, & se trouverent après des fatigues incroyables dans une belle vallée coupée par un torrent dont la fraîcheur entretenoit des Prairies admirables. Pendant qu'ils consideroient les beautés de la Nature, qui seules ont le droit de nous charmer véritablement,

ils

ils entendirent une voix qui dit, *Pêches , & tu trouveras.* Ces paroles firent d'autant plus d'impression sur l'esprit du Roy, qu'il avoit toute sa vie fort aimé la pêche, & qu'il portoit toujours des hameçons dans sa poche ; cette précaution lui devint alors fort utile, car il les attacha au bout d'un desespoir que la Reine avoit heureusement conservé , & prit en un moment de gros poissons avec lesquels il fit un très-bon repas , car les pauvres Princes n'avoient mangé dans le désert que des fruits sauvages & des racines ; sensibles à ce foible secours , & touchés de la beauté du lieu , ils firent une feüillée pour se mettre à l'abri, ils ramasserent des feüilles & de la mousse dont ils se firent un bon lit. Tout est comparaison.

G 6   Cette

Cette petite habitation leur parut donc bien-tôt pleine de délices ; cependant ils trouverent que des troupeaux manquoient à leur bonheur, & la Reine imagina qu'elle pourroit les garder avec le petit Prince pendant que le Roy iroit à la pêche, car elle continuoit non-seulement à être très-abondante, mais les poissons qu'il pêchoit étoient d'une beauté ravissante, & les couleurs de leurs écailles étoient aussi vives que brillantes, souvent même il s'en trouvoit d'arlequins. Ce n'est pas tout encore, ils s'apprivoisient aisément ; & le Roy s'étant apperçu de cette particularité, remarqua qu'ils apprenoient à parler & à siffler plus vîte qu'aucun Perroquet. Cette découverte lui fit prendre la résolution d'en aller vendre à une
Ville

Ville affez voifine de fa retraite.
Il y fut en effet, & voyant qu'il
n'y avoit dans le marché aucun
poiffon de cette même efpece,
il expofa les fiens, & fit remarquer ce qu'ils fçavoient faire &
dire, en affurant qu'ils étoient
jeunes, qu'il ne les avoit inftruits
que depuis peu de tems, &
qu'ainfi leurs talens ne pouvoient
qu'augmenter. Une chofe auffi
finguliere auroit réüffi dans tous
les Pays, mais elle ne pouvoit
manquer de faire un grand effet
dans une Ville où le luxe étoit
en fi grande recommandation;
auffi tout le monde s'empreffa
pour acheter les poiffons du Roy,
on lui donna tout ce qu'il demanda de ceux qu'il avoit apportés, & même on lui fit promettre
de revenir avec d'autres; en peu de
tems les poiffons devinrent fort

à

à la mode; on les mettoit dans de grands vafes de Criftal pleins d'eau, que l'on pendoit comme des cages dans les Appartemens; leurs belles couleurs paroiſſoient à découvert, & l'on pouvoit aiſément les aſſortir aux meubles. Avec l'argent que le Roy retira de ces beaux poiſſons, il fut en état d'acheter des Troupeaux, & d'embellir ſa retraite de toutes les choſes néceſſaires : il ſentit bientôt après les douceurs de la vie qu'il menoit, & ne regretta plus ſon beau Royaume.

La Fée du Hêtre touchée de la ſituation de ces Princes malheureux, habitoit la Vallée où le hazard les avoit conduit; c'étoit elle qui leur avoit fait entendre la voix qui leur conſeilloit de pêcher, & qui les prit ſous ſa protection, parce qu'elle aimoit

aimoit beaucoup les enfans , &
que le petit Muguet , qui ne
pleuroit jamais , devenoit tous
les jours plus joli. Il eft très-aifé de
plaire aux gens affligés en compatiffant à leurs malheurs ; auffi
fans avoüer d'abord fon état
de Fée , elle fit connoiffance
avec le Roy Pêcheur & la Reine
Bergere, qui prirent en très peu
de tems une fort grande amitié
pour elle , & lui confierent même
le beau Muguet, leur unique ef-
pérance : elle le menoit dans fon
Palais , & c'étoit avec un grand
plaifir de fa part , car elle lui
donnoit fans ceffe des tartes ,
des gâteaux & de la bonne crê-
me ; elle employa d'abord ces
moyens pour s'en faire aimer ;
mais dans la fuite elle fit ufage
du goût qu'il avoit pour elle, &
s'en fervit pour lui infpirer des
fen-

fentimens convenables à fa naif-
fance., & lui donner des con-
noiffances neceffaires à tous les
homm s , mais encore plus à un
Prince. Malgré tout le foin de la
Fée , la vanité l'emporta, & cor-
rompit les bons fentimens que la
nature avoit établie dans fon
cœur ; & lorfqu'il eut atteint fa
quinziéme année , la vie champêtre le dégoûta ; cette Ville
voifine, où le luxe & la molleffe
régnoient à l'envi , le féduifit ;
& fe livrant à tous les charmes
de l'inconftance , il fit autant de
conquêtes qu'il eut deffein d'en
faire , car il étoit charmant. Le
Roy & la Reine étoient fort affligés de ce genre de vie ; mais
ils ne fçavoient comment s'y op-
pofer ; car entre nous, la Fée du
Hêtre étoit un peu trop bonne.
Sur ces entrefaites , elle reçut
la

la visite de Saradine, une de ses
compagnes ; elle étoit si fort en
colere, qu'elle ne pouvoit parler. Eh ! mon Dieu ! qu'avez-
vous donc, lui dit avec douceur
la Fée du Hêtre ? Hélas ! vous
en allez juger, lui répondit-elle.
Vous sçavez que non contente
d'avoir doüé Zaza, héritiere de
l'Isle des Roses, de tout ce qu'u-
ne Princesse peut esperer pour
plaire, je l'élevois auprès de moi
avec des soins infinis, que croyez-
vous qu'elle m'a fait ? non je n'en
sçaurois revenir, continua-t elle.
En me faisant plus de caresses &
d'amitiés qu'à son ordinaire, elle
m'a fait promettre de lui accorder une grace. Ses manieres
m'ont séduite, & j'avoüe que
j'ai juré ; enfin voici ce qu'elle
m'a demandé : Vous m'avez accablée de bontés, a-t-elle ajouté,
je

je suis comblée de vos dons, mais
je vous conjure de me les ôter;
car enfin, si j'ai le bonheur de
vous plaire, je ne sçais si c'est
par moi-même, & je serai toute
ma vie dans la même situation
avec tous ceux que je dois rencontrer; voyez donc quel dé-
goût vos bontés, dont je ne suis
point ingrate, ont répandu sur
ma vie. J'ai fait inutilement tout
ce que j'ai pû, continua Saradine, pour la faire changer d'avis;
mes efforts ont été inutiles; n'ai-
je pas raison, continua-t-elle, en
colere, de lui faire souffrir autant de peines que je comptois
lui procurer de plaisirs & de satisfaction ? Après avoir fait la
cérémonie nécessaire pour lui
ôter tous mes dons, je viens,
continua-t-elle, me reposer avec
vous, & chercher dans votre
soli-

ſolitude une diſſipation dont j'a-
voüe que j'ai grand beſoin ; mais
dans le fond , que lui ai-je ôté
à cette Zaza que j'aime peut-être
encore ? La nature l'a formée ſi
belle , & lui a donné tant d'eſprit, qu'elle n'a beſoin que d'elle-même pour plaire. J'ai voulu
commencer , pourſuivit Saradine , par lui faire éprouver les
peines du corps, & je l'ai tranſportée dans ces déſerts où je
viens de la laiſſer. Quoi ! ſans
aucun ſecours , lui demanda la
bonne Fée ? Oüi , reprit Saradine ; hé bien , continua la Fée
du Hêtre , donnez-la moi , je
n'augure point mal de ce qu'elle
vous a demandé , il faut punir
ſa vanité , & la corriger par l'a-
mour : il y a plus d'eſprit dans
ſon procedé , que n'en ont d'ordinaire toutes ces petites ſotres
que

que nous avons la bonté de
doüer. Saradine accepta la proposition , & laiffa la Fée du Hêtre dans la Forêt. Son premier
foin fut d'écarter tout ce qui
pouvoit incommoder la belle
Zaza , & de former devant elle
un petit fentier d'une herbe mol-
le , qui la conduifit avec un ombre charmant à l'habitation du
Roy Pêcheur & de la Reine
Bergere. Ils furent furpris en la
voyant ; mais ils furent encore
plus touchés de l'état déplorable où les ronces & les épines
l'avoient réduite avant que Saradine en eût pris foin , & quoique
les agrémens de la figure augmentent toujours l'intérêt. Plus
on a fouffert, & plus on eft fenfible aux malheurs des autres.
Ces bons Princes étoient affis
fur le bord du torrent ; ils laif-
foient

soient passer la plus grande chaleur du jour, & se reposoient du travail de la matinée en attendant un repas convenable à leur état présent. Le Roy fut au-devant de Zaza qui n'osoit s'approcher; la candeur qui régnoit sur son visage, & quelques mots polis, simples & remplis d'interêt, que l'usage du monde peut seul apprendre à prononcer, l'eurent bientot rassurée; & l'ayant conduite dans sa cabane, elle accepta sans peine le repas & le couvert. Zaza leur conta tout ce qui lui étoit arrivé sans aucun déguisement. Le Roy fut charmé de son esprit, & la Reine trouva qu'elle avoit été bien hardie d'oser contredire une Fée. Vos bontés, Madame, lui répondit Zaza, m'empêchent de regretter ce que j'ai fait; car enfin,

fin, ce que j'ai mérité jufques-ici, je ne le dois qu'à moi-même, & ma conduite & ma reconnoiffance me feront obtenir encore plus dans la fuite par les foins que j'apporterai à vous plaire, fi vous me permettez de faire ici quelque féjour ; de femblables difcours charmerent également le Roy & la Reine, ils regarderent Zaza comme un préfent du Ciel & comme une confolation dans la peine que leur caufoit l'abfence prefque continuelle du Prince Muguet, car il étoit fans ceffe à la Ville où la Fée lui entretenoit une maifon magnifique & toutes les commodités poffibles. Zaza s'établit donc dans la cabane, & partageant les foins du ménage avec la Reine, elle en fut bien-tôt extrêmement aimée.

On

On la préfenta à la Fée du Hêtre, à laquelle on conta fon hiftoire qu'elle fçavoit auffi-bien
que perfonne ; mais elle ne fit
pas femblant d'en être inftruite,
& fe laiffant aller au goût qu'elle avoit pour la jeuneffe aimable,
il ne lui fut pas difficile d'en être
aimée ; elle la fit venir fouvent
dans fa retraite ou dans fon Palais de feuilles, il étoit formé
par les plus beaux arbres & les
plus anciens du monde, l'en-
laffement de leurs branches formoit plufieurs apartemens & plufieurs étages, dont le Temple de
la Déeffe Aftrée de Meffire Honoré Durfé n'étoit qu'une copie
très-imparfaite, mais que le fentiment rendra toujours préféra-
ble. La Fée lui montroit tous
les jours quelques-unes des raretés qu'elle avoit raffemblées

pour

pour fon amufement. Mais Zaza préferoit à tous les autres
endroits le Cabinet des Romans.
Il eft vrai que cette piece étoit
fort agréable ; l'on y voyoit
dans un ordre charmant les
morceaux les plus rares, qui
ont été la bafe ou le plus grand
ornement des Romans, comme
l'Epée de Lifvart, la Lance de
Roger, le Modele de l'Arc des
loyaux Amans, un parfaitement
beau Tableau de la gloire de
Niquée, en un mot, tous les
plus beaux Livres que l'imagination a fçû créer pour plaire &
pour amufer, ils charmoient
Zaza. Mais comme elle vouloit
être parfaite, elle s'inftruifoit
auffi de tous les Contes des Fées
qu'elle pouvoit apprendre ; non
contente de la mener dans le
Cabinet des Romans, elle la
faifoit

faisoit souvent entrer dans un autre, où lui montrant les plus
grandes raretés, elle disoit à
chaque piece, c'est pour celui
qui l'épousera; tantôt c'étoit un
beau Chapeau d'or, tantôt un
Vaisseau qui voguoit entre deux
eaux, un Cor de Chasse fait
d'un Rubis, deux Cierges de
cire bleuë qui ne se consom-
moient point, des Diamans qui
en produisoient d'autres, &
mille autres choses aussi belles
que singulieres, dont le détail
seroit trop long. Comment ne
pas aimer à la folie quelqu'un
qui ajoutoit aux charmes de la
societé l'esperance de faire d'aussi
beaux présens? car la belle Zaza
ne doutoit point que ces raretés
ne fussent un jour les présens de
sa nôce. Il est vrai que la Fée
du Hêtre ne lui avoit jamais

H   rien

rien dit de plus positif. Mais pourquoi les lui auroit-elle montrés, s'ils ne lui avoient été destinés ? il y auroit eu de l'impolitesse & de la dureté dans le procédé de la Fée. Mais elle n'en agissoit avec cette douceur apparente que pour la punir plus essentiellement. Pour y parvenir, elle jetta les yeux sur le beau Muguet. J'ai déja dit, ce me semble, qu'il avoit pris tout autant d'éloignement pour la campagne que de goût pour la Ville dont j'ai parlé. Le luxe & les plaisirs suffisoient pour occuper pleinement un jeune homme doüé de la beauté, mais qui fort attaché à sa figure, la croyoit encore plus parfaite. Quelqu'un blâmera peut-être la Fée du Hêtre de son indulgence. Mais elle aimoit ce jeune Prince, & ne vouloit

vouloit le corriger des plaisirs
que par les plaisirs mêmes. Ce
remede est encore plus doux
qu'il n'est sûr. Mais enfin par
bonté elle n'en avoit point imaginé d'autres. Muguet, le modele & l'exemple de nos petits-
Maîtres, vouloit être partout,
connoître tout le monde, passer
pour avoir eu toutes les jolies
femmes & pouvoir les mettre
sur un catalogue, qu'il tiroit à
vanité d'augmenter. Des projets
aussi beaux l'empêchoient de
rendre visite à la Fée, encore
moins à ses parens. La campagne l'ennuyoit, disoit-il ; & ces
bonnes gens trop simples n'enten-
doient point sa Langue, & n'ad-
miroient point les récits qu'il
leur faisoit de ses prétenduës
proüesses. Il étoit le plus occupé de ces belles réflexions si

communes à la jeuneſſe , lorſque la Fée du Hêtre le jugea très-propre à mortifier la belle Zaza. Elle lui en parla ſouvent comme d'un jeune homme charmant, & dont la naiſſance égale à la ſienne pourroit être un parti convenable pour elle , ſi leurs ſentimens ſe trouvoient conformes. Elle annonça le retour de Muguet quelques jours avant ſon arrivée. Zaza ſe prépara à cette vûë par mille attentions ſur ſa parure ; & quoiqu'elle ne doutât point du ſuccès , elle étoit agitée de mille idées, qui toutes lui promettoient une conquête aſſurée. Mais la Fée du Hêtre qui ne doutoit point que le Prince par goût, par nouveauté, ou par vanité, ne s'enflâmât pour elle au premier coup d'œil, avoit trouvé moyen d'y mettre ordre ;

car

car elle avoit répandu fur toute
la perfonne de Zaza un air gauche & une altération fur les traits
de fon vifage, qui ne paroiffoient qu'aux yeux du beau Muguet. Il entra dans le Palais des
Feuilles, plus agréable encore
que la Fée ne l'avoit reprefenté,
mais regardant à peine Zaza, il
fit cent queftions à la Fée, &
pour le moins autant de récits.
La Princeffe fut très-étonnée du
peu d'effet de fes charmes, &
par un dépit qui n'eft que trop
naturel, & qui fe fait fentir en
un moment, elle ne répondit
au compliment, qu'il ne lui fit
que par égard pour la Fée, qu'a-
vec beaucoup de dédain; mais
fes dédains furent inutiles, on
ne les remarqua feulement pas.
Zaza piquée ne douta point que
les charmes de fon efprit ne mé-

H 3   ri-

ritaſſent ſon attention, & quoiqu'elle eût grand ſoin de les faire paroître, cette derniere reſ-
ſource ne lui fut pas plus utile.
Connoît-on l'eſprit à un certain
âge? la beauté fait cent conquêtes contre une que fait l'eſprit, celui ci ne ſert ordinairement qu'à les conſerver.

Les réponſes du Prince étoient
polies, mais elles n'étoient point
accompagnées de cette vivacité
qui donne envie de dire quelque choſe d'auſſi agréable que
ce que l'on vient d'entendre;
non plus que de cette ſurpriſe &
de cette façon d'écouter, qui
découvre juſques dans le ſilence
le contentement que l'on inſpi-
re: pluſieurs viſites confirmerent
le malheur de Zaza; car le Prince
avoit touché ſon cœur : & malgré tous les ridicules qu'elle lui
avoit

avoit trouvés fans peine , elle
n'avoit pû réfifter aux charmes
de fa figure ; après s'être dit à
elle - même tout ce que nous
lifons dans les Romans , & ce
que l'on peut dire dans une fituation pareille , elle regretta mille
fois les dons qu'elle n'avoit pas
voulu conferver. Muguet de fon
côté, étoit furpris des éloges que
la Fée, le Roy & la Reine faifoient continuellement de la figure de Zaza : ils fervoient à le
confirmer dans l'idée du peu de
goût qu'il trouvoit aux gens
de la Campagne ; & pour leur
prouver finement l'opinion qu'il
en avoit , il leur faifoit à tout
moment le portrait des beautés
de la Ville qu'il aimoit , qu'il
avoit aimées , ou qu'il comptoit
d'aimer. Ces propos étoient autant de coups de poignard pour

Zaza,

Zaza, qui souvent en étoit témoin. La Fée vouloit cependant
le corriger aussi du commerce
de ces femmes connuës sous le
nom de Caillettes : elle avoit af-
surément raison ; car elles ren-
dent presque toujours un homme
insuportable , & sûrement ridicule. Pour venir à bout de son
dessein , elle lui fit remettre par
un inconnu, qui fit son message
avec beaucoup de mystere , un
paquet qui renfermoit un Portrait de Zaza , telle qu'elle étoit
en effet , il étoit accompagné de
cette Lettre.

Cette beauté , beaucoup d'esprit ,
un cœur tout neuf avec un grand
Royaume , auroient comblé les de-
sirs du beau Muguet , mais son in-
constance est redoutable.

Ce billet fit moins d'impression
sur

fur l'efprit du Prince, que le Portrait n'en fit à fes yeux ! il s'écria
fouvent, ne pouvant s'en empêcher, que jamais il n'avoit rien
vû qui fût à la fois fi beau & fi
joli : il n'eft pas poffible, conti-
nuoit-il, qu'une telle phifionomie
foit trompeufe, & que l'efprit ne
réponde à tant de charmes. Après
ces premiers tranfports, il fit
un retour fur lui-même, & courut à la Ville pour éviter le ridicule d'être amoureux d'un Portrait, & pour chaffer promptement toutes les idées qu'il en
avoit pû recevoir ; mais il ne
trouva plus dans les beautés
qu'il croyoit les plus piquantes,
les attraits qu'il y avoit laiffés ;
celle-ci, difoit-il, n'a pas cette
fineffe dans les yeux ; cette autre n'a point autant de graces
dans le foûrire ; le nez de celle-

H 5   là

là n'est pas si bien façonné : en un mot, tout ce qu'il apperçut ne ressembloit point au Portrait, dont malgré lui-même il se trouvoit occupé. La Ville bientôt après lui devint importune ; & comme il ne sçavoit plus s'occuper, ni ricaner de ces minuties, qui composent ordinairement le commerce des femmes du monde, lui même il leur parut moins aimable ; le séjour de la Fée du Hêtre, & la retraite de ses parens, commencerent à lui paroître plus agréables. La Fée ne fit pas semblant de s'appercevoir de ce changement ; & voulant au contraire le traiter comme elle avoit toujours fait, & contribuer à ses plaisirs, elle assembla dans son Palais toutes les femmes que le Prince avoit aimées, & leur donna un grand dîné,

dîné, où Muguet, qui seul en
faisoit les honneurs, joüoit un
rôle très-embarrassant. La vûe
de tant d'objets, les uns quittés
fort mal, les autres tournés en
ridicule, ou sacrifiés, & que même il ne voyoit plus que par leur
mauvais côté, lui firent une telle
impression, que jamais Fête ne
fut plus ennuyante ; car il étoit
l'objet des regards tendres, mé-
contens, piqués, jaloux, ironi-
ques, fades, ou sottement animés. Cette Fête composée d'une
vingtaine de femmes, qui dans
tout autre tems auroit été son
triomphe, devint alors une source de remors & de reflexions,
qui le conduisirent encore au dé-
goût de sa vie passée. Pendant
ce tems, la malheureuse Zaza
étoit chez le Roy Pêcheur & la
Reine Bergere, humiliée, c'est

H 6   tout

tout dire pour une jolie femme,
elle croyoit que l'abſence dé-
truiroit à la fin des ſentimens
qu'elle ne pouvoit ſe pardonner.
Mais que peut-on oppoſer à une
paſſion qui réſiſte au mépris ?
Muguet s'adonnant à la retraite,
& commençant à en éprouver
les douceurs , fit renaître , non
pas de l'eſpérance dans le cœur
de Zaza, mais au moins quelque curioſité ; car elle voulut ſçavoir ce qui cauſoit le changement
qu'elle remarquoit en lui. Plus
elle l'examinoit, plus elle voyoit
les apparences de l'amour. Hé !
qui le connoît mieux que ceux
qui le reſſentent ? Mais auſſi plus
elle croyoit reconnoître les apparences du ſentiment , & plus
elle voyoit avec douleur qu'elle
étoit bien éloignée de l'inſpirer.
Aucune des démarches du Prince
ne

ne pouvoit être prife pour cette timidité, qui fouvent retarde les confolations que l'amour eft au moment de donner. Zaza douce & timide (car une femme ne devient fiere & haute que par les foumiffions & la déférence qu'on a pour elle) Zaza, dis-je, voulant au moins voir le Prince, cherchoit les occafions de l'entretenir; & lui de fon côté, loin d'éviter fa converfation, la cherchoit : il ne put même lui cacher fon amour, mais il convint qu'il n'ofoit fe l'avoüer à lui-même, tant il avoit occafion d'en rougir. Cet aveu que la Princeffe ne pouvoit s'attribuer, lui fut infiniment fenfible; mais enfin, comme elle étoit accoutumée à furmonter fa douleur, elle ne laiffa rien échapper qui pût découvrir le malheureux état

de

de son cœur. Un jour que le
Prince étoit endormi au pied d'un
arbre, elle s'en approcha doucement, pour joüir sans trouble du
plaisir de le voir ; quelle fut sa
surprise ! quand appercevant un
Portrait à ses côtés, elle le reconnut pour le sien ; & quoiqu'en
l'examinant, elle n'en fût pas
trop contente, la joye & le sai-
sissement d'un bonheur inesperé,
la firent presque éclater ; mais
quand elle se rappella la façon
dont il vivoit avec elle, sa dis-
traction, les idées tendres qu'il
avoit en sa présence, & dont elle
n'étoit point l'objet, elle tomba
dans de nouveaux embarras; mais
tout ce qui soulage la jalousie,
étant un bonheur, & ne pouvant
plus être jalouse de tous les soins
qu'il donnoit à ce Portrait, elle
ne pensa plus qu'aux moyens de
le

le faire déclarer : ſes efforts furent inutiles ; auſſi plus elle y penſoit, moins elle pouvoit comprendre comment il ſe pouvoit
faire que le Prince adorât ſon
Portrait, & eût en même tems une
ſi grande indifférence pour elle :
il convenoit cependant qu'elle
avoit beaucoup d'eſprit ; ſouvent
même il déſiroit à l'objet pour
lequel il ſoupiroit un caractere
ſemblable à celui qu'il aimoit en
elle. C'étoit bien peu mériter
pour un auſſi grand amour, il
en faut convenir. La vûe de ſon
Portrait l'avoit cependant ren-
due plus hardie ; auſſi ſe hazar-
da-t-elle un jour de lui demander le nom de l'heureuſe Princeſſe dont il étoit occupé. Hélas!
je voudrois pouvoir vous le dire,
lui répondit triſtement le Prince. Eh ! Seigneur , qui vous en

em-

empêche? reprit la tendre Zaza, que pouvez vous craindre? tout, hélas! interrompit Muguet, puisqu'elle m'est inconnuë, mais je ne demeurerai pas long tems dans le trouble où je suis; & si l'univers la renferme, elle ne peut échapper à mes recherches. Zaza surprise au dernier point, vouloit douter de ce qu'elle avoit entendu; mais enfin l'envie de plaire étant toujours accompagnée de patience & de douceur, elle le conjura de lui montrer ce Portrait; & pour l'obtenir, elle ne lui déguisa point de quelle façon elle l'avoit déja vû. Le Prince y consentit; & Zaza l'ayant examiné quelque tems, lui dit d'un air modeste en le lui remettant, qu'il étoit assez bien. Un éloge aussi foible fut mal interprété par le Prince, qui

qui ne put s'empêcher de lui dire : Je vous avoüe, Zaza, que je
croyois votre esprit au-dessus de
ces petitesses si communes dans
les femmes ; croyez-vous, conti-
nua-t-il vivement, que l'on puisse
trouver ailleurs cet éclat mêlé
de tant de douceur & de graces?
Je crois, Seigneur, lui répondit
Zaza en rougissant, que cette
Princesse doit être contente du
Peintre. C'est-à-dire, dit Muguet, que vous la croyez flattée.
Sans doute, mais cependant on
la peut reconnoître, reprit Zaza
en baissant les yeux. Quoi! vous
la connoissez, s'écria le Prince ;
de grace, tirez-moi de peine,
dit-il en se jettant à ses genoux ;
comptez que je vous devrai la
vie, si je puis voir par vos soins
un objet si parfait. Eh bien,
Seigneur, reprit la Princesse,
avec

avec les yeux baignés de larmes, n'avois-je pas raison de vous dire qu'il étoit flatté ; pourquoi voulez-vous m'obliger à vous en faire convenir ? Le Prince eut alors besoin de toute sa politesse pour ne lui rien répondre. Pensant comme il faisoit, toute réponse eût été choquante ; mais voyant que Zaza s'attribuoit cette Peinture, & ne voulant pas lui faire sentir à quel point il la trouvoit aveuglée par sa vanité, il se leva d'un air froid & réservé, sans proferer une seule parole ; & jamais une conversation vive n'a fini si brusquement ; car par d'autres raisons faciles à imaginer, Zaza de son côté, ne pensa point à la soutenir ; & le Prince s'étant retiré, partit quelques heures après. Ce départ mit la Princesse au désespoir ; car enfin, elle ne pou-

pouvoit se croire aimée ; & l'absence du Prince lui fit voir avec
tant d'horreur les lieux témoins
du mépris que l'on avoit fait de
ses charmes , qu'elle résolut de
s'en éloigner , & qu'elle partit
sans témoigner sa reconnoissance au Roy , à la Reine , & à la
Fée , ne pouvant se déterminer
à faire l'aveu de ses malheurs ,
ils intéressoient trop son amour
propre pour avoir besoin de con-
fidens. Quand elle eut marché
quelque tems accablée de sa douleur , elle apperçut de très-loin
une petite Maison , vers laquelle
elle adressa lentement ses pas ,
(car elle étoit extrêmement fa-
tiguée ;) plus elle en approchoit,
& moins le Bâtiment lui paroissoit considérable ; enfin elle dis-
tingua une petite vieille assise sur
le pas de la porte , qui la regardant

dant d'un air affez refrogné: Je
parie, lui dit-elle, quand elle la
put entendre, que voilà de mes
demandeufes que la pareffe engage à courir le Pays. Hélas!
Madame, lui répondit Zaza en
pleurant, une trifte deftinée
m'oblige à vous demander le
couvert. Eh bien ! ne l'avois-je
pas dit, qu'elle me demanderoit
quelque chofe? Du couvert elle
viendra au fouper, du fouper on
voudra de l'argent pour continuer fon chemin ; vraiment,
vraiment, fi l'on trouvoit tous
les jours fa dupe, je ne voudrois
pas vivre autrement ; mais pour
moi, je ne la fuis pas ; on bâti-
ra, on achetera des provifions,
fera-ce pour vous ? Nenni, ce
fera pour les paffans ; je parie
qu'une jeuneffe comme çà a plus
d'argent que moi, il faut que je
la

la fouille, dit-elle en ſe levant
& s'appuyant ſur ſon bâton.
Hélas! Madame, reprit Zaza,
je voudrois en avoir, vous me
feriez grand plaiſir de l'accepter. Mais vous êtes bien vêtuë, continua la vieille, pour
la vie que vous menez. Quoi!
vous croyez, reprit Zaza, que
je vous demande l'aumône. Je
ne ſçais pas ce que vous faites,
lui répondit la Vieille, mais je
ſçais bien que vous n'apportez
rien. Au reſte, continua t'elle,
en regardant toujours ſes habits,
que me voulez-vous? le couvert, n'eſt-ce pas? encore paſſe,
cela ne coute guéres; mais de-
là vous viendrez au ſoupé: nenni, nenni, je n'entends pas cela, car à votre âge on a l'appe-
tit toujours ouvert, de plus vous
avez marché, & je parie que
vous

vous mourez de faim. Hélas,
Madame, lui répondit Zaza,
quand on a du chagrin on n'est
pas difficile à nourrir. Eh bien,
dit-elle, en se déridant un peu,
si vous me promettez d'être bien
triste, vous passerez la nuit avec
moi, j'y consens; pour lors elle
fit asseoir Zaza à ses côtés, &
frappée de la beauté de ses habits qui cependant étoient des
plus simples, elle disoit toujours
avec étonnement; Cotte dessus,
Cotte dessous, voyez combien
tout cela vous a coûté, ne valoit-
il pas mieux garder de quoi manger à vos dépens, que d'en demander aux autres? si l'on étoit
sûr d'en trouver, comme je vous
l'ai déja dit, cela seroit fort commode, mais dans ce tems-ci on
ne donne rien, on vend tout,
& l'on a bien raison, car on ne
                                    sçait

sçait pas ce qui peut arriver, le tems est si dur. Ces habits sont bien chers, ajouta-t'elle. Hélas! Madame, répondit la Princesse, ils ne m'ont rien coûté, & je n'ai jamais sçû ce que c'étoit que l'argent. Qu'avez-vous donc appris, s'il vous plaît, reprit la Vieille; ah! je le vois bien, vous êtes de ces petites Demoiselles du monde, qui méprisent le ménage, & qu'un Amant aura sans doute abandonnée. Non, Madame, répondit Zaza, je suis plus à plaindre & plus sage que vous ne le soupçonnez; mais, puisque mon état ne peut vous toucher, continua-t'elle en fondant en larmes, si mes services pouvoient vous convenir, vous pourriez.... Moi! des services, reprit la Vieille, il faudroit les payer, & je ne suis pas trop

bonne

bonne pour me servir moi-même, une servante, couteroit trop d'argent, une servante ne me laisseroit rien, elle mangeroit tout. Madame, lui dit Zaza, réduite au sort le plus déplorable, je ne vous demanderois rien, je vous soulagerois dans vos peines, je ferois en un mot, tout ce qui dépendroit de moi pour vivre dans un lieu aussi retiré que celui-ci. C'est pour m'atraper, reprit la Vieille, que vous dites que vous me servirez pour rien; cependant je conçois que vous le pouvez faire; mais comment voulez-vous que ma servante soit mieux vêtuë que moi? cela n'est pas possible, il y a cependant remede à tout, je vous donnerai d'autres habits, si vous voulez me laisser les vôtres. Allons, voilà qui est fait, je n'y regargarderai pas de ſi près, & je vous prendrai à mon ſervice, car dans le fond je ſuis bien vieille, & il pourroit m'arriver quelque accident. La pauvre Zaza qui ne cherchoit qu'un azile à l'abri de tous les regards, conſentit à tout; & la Vieille ayant été chercher un petit paquet, vint l'aider à ſe deshabiller, diſant toujours : Comme cela eſt doublé? ah, bons Dieux, que d'ampleur? & meſurant la juppe ſur ſon bras, elle s'écrioit : Il y a pour le moins quatre juppes dans celle-là, vous n'auriez jamais pû marcher avec tout cet attirail, mon enfant, ni vous tourner dans ma maiſon. En diſant cela, elle plioit avec une grande propreté toutes ces étoffes, pour leſquelles elle avoit une véritable conſidération, & Zaza ſe couvroit des vieux haillons que la Vieille lui avoit apportés. Quand elle la vit ainfi vêtuë, elle lui dit : Vous êtes à merveille, & je vous aime beaucoup mieux avec ces habits, comment vous appellez-vous ? Madame, reprit la trifte Princeffe, je m'appelle Zaza. Eh ! bien, Zaza, voyez quelle eft ma bonne foi, que de gens à préfent feroient capables de ne vous pas tenir parole, & de vous renvoyer ! Convenez au moins que je fuis bonne femme. Hélas ! Madame, lui répondit Zaza, que pourrois-je regretter ! ne fuis-je pas à préfent dans un état plus convenable à la fituation de mon cœur. La Vieille attribuant fon infenfibilité aux chagrins qu'elle éprouvoit, ne laiffa pas que d'être frappée de fon peu d'attachement pour des chofes

choses dont elle faisoit tant de
cas; car elle comptoit avoir ga-
gné des habits pour le reste de
sa vie. Quand l'heure du soupé
fut venuë, elle entra dans sa
maison, ne voulant pas que Zaza la suivît, & revint en lui disant : Soupons à présent. Pour
lors elle lui donna un très-petit
morceau de pain noir, & servit
deux pruneaux sur une petite
planche très - propre : Allons,
mangeons, dit-elle, sçavez-vous
bien que j'ai doublé l'ordinaire?
vous m'en sçaurez le gré qu'il
vous plaira. Alors elle en prit un,
& dit : Partageons celui-ci, ce
qu'elle fit en effet; & comme
vous êtes une nouvelle venuë,
ajouta-t'elle, vous aurez le côté
du noyau, mais prenez garde de
l'avaler, car je les amasse avec
grand soin, & vous n'imaginez

pas

pas le bon feu que j'en fais pendant l'hyver : ainsi apprenez de moi, (cela ne vous coutera rien) qu'il faut toujours acheter les fruits à noyau de préférence à tous les autres. Zaza peu sensible à ces bons conseils, mangea son petit morceau de pain, & but un peu d'eau, sans toucher à sa moitié de pruneau, que la Vieille eut grand soin de reprendre, & de garder pour son déjeuné. Charmée de son procedé, elle ne put s'empêcher de lui dire : Je suis très-contente de vos services, Zaza, si vous continuez, nous vivrons long-tems ensemble, & vous n'aurez pas lieu de vous en repentir, car je vous apprendrai des choses connuës de fort peu de gens ; par exemple, lui dit-elle, voyez-vous ma Maison ? C'est moi qui l'ai

l'ai bâtie ; devineriez-vous bien
avec quoi ? C'est avec les pierres
de toutes les poires que j'ai man-
gées ; tout le monde les jette ,
mais Dieu ne fait rien d'inutile ;
& quand on a de la patience &
de l'intelligence , poursuivit-elle ,
on n'imagine pas tout ce que l'on
peut faire. Zaza peu sensible à
de semblables conseils , ne lui
répondit point ; & d'abord que
le Soleil fut couché , l'air du soir
donne de l'appétit, dit la Vieille ;
de plus , le serein est dangereux ,
couchons-nous de bonne heure ,
c'est mon usage à moi , & je demeure long-tems dans le lit, on
y dissipe moins , & par conséquent il ne faut pas tant répa-
rer. Zaza passa toute la nuit dans
une cruelle agitation , & quand
la Vieille voulut se lever , elle
lui dit : Je vous ai bien entendu,

vous avez paſſé une bonne nuit, & je ſuis ſûre que vous n'avez pas envie de déjeuner. Hélas! non, Madame, reprit Zaza; n'avez-vous beſoin de rien? demeurez au lit, lui dit-elle, tâchez de dormir, cela fait du bien; pour moi, je m'en vais faire le ménage, je ne me fie pas encore aſſez à vous pour vous le confier, tout cela me connoît, & jamais je n'ai rien caſſé, voilà comme il faut être: j'irai demain à la Ville, c'eſt jour de marché, & j'apporterai pour un ſol de pain pour notre ſemaine. Elle tint cent autres propos de cette force à la pauvre Zaza, qui ne l'écoutoit pas, & qui s'étant levée, fut dans ces beaux déſerts rêver à ſon infortune; mais comme un régime auſſi terrible que celui de la Vieille auroit aſſurément

ment ruiné sa santé, la Fée du
Hêtre, qui ne vouloit que diminuer son orgueil, lui envoya des
secours dont elle ne pouvoit dé-
mêler la source. Ce fut une belle
Vache blanche qui la vint caresser, & qui la suivant sans cesse, revint avec elle à la maison
de la Vieille. Quand celle-ci
l'apperçut, sa joye fut extrême;
mais bientôt craignant que ceux
à qui elle appartenoit, ne la vins-
sent réclamer, elle dit à Zaza:
Tirons-la toujours, nous mange-
rons un peu de lait, nous en
garderons pour demain, nous en
ferons du fromage ; cela est si
bon du lait, c'est dommage que
cela soit aussi cher. Avec ces
belles réflexions la Vache fut ti-
rée : elles lui firent un petit abri
au pied d'un arbre avec des herbes séches, & la Vieille ne pou-

I 4   voit

voit se lasser d'admirer par quel bonheur elle avoit trouvé un si bel animal. Zaza habitoit depuis quelque tems ce triste séjour, qui n'étoit susceptible d'aucune varieté, lorsque rêvant au bord d'un ruisseau pendant que sa belle Vache paissoit, elle apperçut un jeune homme dans la Prairie. Elle se leva promptement, & voulut fuir ; lorsque le beau Muguet (car c'étoit lui-même) l'apperçut à son tour : il courut au-devant de Zaza avec d'autant plus d'empressement, qu'il la reconnut, non pour cette Zaza qu'il avoit méprisée, mais pour l'original du Portrait qu'il adoroit.

La Fée du Hêtre trouvant la vanité de Zaza assez humiliée, voulut employer le même remede contre Muguet, qui n'en
avoit

avoit pas moins beſoin ; la Fée rendit à Zaza ſes véritables traits , & priva dans l'inſtant Muguet de la beauté qui avoit été la ſource de ſon inconſtance.

Muguet ſe jetta au-devant de Zaza pour l'empêcher de fuir. On peut juger quels diſcours il devoit tenir à un objet dont il avoit le cœur rempli , & qu'il retrouvoit après des recherches infinies. Il employa des termes ſi humbles & ſi touchans , que Zaza conſentit à l'écouter par compaſſion. Muguet voulut la ſuivre , mais elle le lui défendit , elle lui permit ſeulement de venir quelquefois dans le même lieu partager ſa ſolitude. L'amour malheureux & mépriſé eſt ordinairement ſoumis : il lui obéït , mais il ne manquoit pas un jour de venir dans la Prairie

I 5   cher-

chercher celle qu'il adoroit, &
tâcher de la fléchir. Que je suis
heureux, lui disoit-il, de vous
avoir trouvée. Je suis déja trop
enchanté de mon sort pour oser
m'en plaindre ; décidez-en, vous
en êtes Souveraine. Ce fut dans
une de ces conversations que
Muguet qui s'étoit attaché à mériter la confiance de Zaza, apprit avec une douleur extrême
qu'elle avoit disposé de son cœur.
Je ne puis, lui dit-elle un jour,
recevoir vos vœux : J'ai aimé, &
j'aime encore pour mon malheur,
un Prince léger, inconstant,
plein d'orgueil, qui n'aimoit que
lui, qui n'étoit sensible qu'aux
faux airs, que ses bonnes fortu-
nes avoient rendu ridicule, que
les femmes avoient gâté, qui
par conséquent étoit incapable
de connoître l'amour, & qui
pour

pour comble de maux , m'a méprisée. Mais c'est un fat que vous
me dépeignez , reprenoit le
Prince : Se peut-il avec l'esprit
que vous avez, qu'un tel homme
vous ait séduit? Il n'est que trop
vrai, reprenoit la belle Zaza en
versant un torrent de larmes.
Ainsi le Prince pénétré lui disoit
contre lui-même , tout ce que
l'idée de Rival présente à l'esprit. Comment , ajoutoit-il, avec
la beauté dont vous êtes ornée,
avez-vous pû trouver un insensi-
ble ? Si l'amour m'eût accordé
le bonheur de toucher votre
cœur , je vous aurois sacrifié le
monde entier. J'ai couru l'U-
nivers, j'ai renoncé à tous les
plaisirs par la seule vûë d'un
Portrait : Que cet aveu m'eût
été humiliant autrefois ; mais
vous êtes plus belle que votre

I 6 Por-

Portrait : Je vous ai vûë, je ne me séparerai jamais de vous ; Quoi ! mon Portrait, reprit Zaza avec une vivacité dictée ? Par un mouvement de jalousie Muguet l'auroit-il sacrifié ? Il ne le quittera qu'avec la vie ce précieux Portrait, reprit alors le Prince avec l'éloquence d'un cœur pénétré d'amour ; mais d'où pouvez-vous sçavoir mon nom ? L'embarras de Muguet & de Zaza n'auroit fait qu'augmenter par leurs discours, si dans ce moment la Fée du Hêtre, qui avoit assez éprouvé leurs cœurs, n'eût permis que Muguet parut aux yeux de Zaza sous ses véritables traits, & tel que la belle Princesse l'aimoit ; tous les reproches qu'il avoit essuyés sur ses ridicules passés, tout le mal qu'il en avoit dit lui-même ; & plus

que

que tout cela, le dégré d'amour auquel il étoit parvenu, avoit détruit la vanité qui faiſoit le ſeul obſtacle à ſon bonheur; qui pourroit décrire le plaiſir qu'ils éprouverent? Ces récits ſont au-deſſus de l'expreſſion. Contens, charmés l'un de l'autre, ils pri-rent le chemin de la petite mai-ſon où Zaza avoit été reçûë; ce fut alors qu'elle ſe reprocha les haillons dont elle étoit cou-verte; elle s'en inquiétoit, le Prince n'y penſoit pas; & quand il s'en apperçut, il fut attendri & flatté de tout ce qu'elle avoit ſouffert. Ils ne furent pas long-tems ſans ſe trouver chez la Vieille, qui les voyant arriver, s'écria: On a vraiment bien rai-ſon de dire: Plantez-là des filles, il y viendra des garçons; ce que vous faites eſt fort joli pour une

fille.

fille, dit-elle à Zaza; je ne veux
point de tout ce train dans ma
maison; vous comptez bien n'y
pas rentrer, vrament, vrament,
il y feroit beau voir; mais, ma
bonne, lui dit le Prince, vous
n'y penfez pas. Si fait, vrament,
j'y penfe; c'eft pour y avoir bien
penfé, & je ne penferai point
autrement. Mais, voyez cette
belle barbe, avec fa bonne, à
qui croit-il parler? Muguet fut
au moment de fe fâcher, voyant
l'injuftice de la Vieille, & l'in-
fulte qu'elle faifoit à Zaza; auffi
lui laiffa-t-il cette querelle à dé-
mêler, mais elle n'en tira pas
meilleur parti; car les cris, les
pleurs & les fermens de ne les
point avoir, s'exhalerent au feul
mot d'habits qu'elle prononça.
Cependant la Princeffe infifta;
car depuis qu'elle étoit aimée,
fes

ſes haillons lui étoient inſupor-
tables. La Vieille cependant
crioit comme ſi on l'avoit égor-
gée : Voilà ce que c'eſt que de
rendre ſervice aux gens, ils vous
pillent, ils vous emportent votre bien ; à les entendre, ne di-
roit-on pas qu'ils ont raiſon ? Si
je n'étois pas éloignée du ſecours,
des voleurs ne viendroient pas
abuſer, comme ils font, de ma
foibleſſe. Enfin elle atteſta tous
les Dieux qu'elle n'avoit point
ſes habits ; que c'étoit elle au
contraire, qui touchée de compaſſion pour Zaza, qui n'en avoit
point, lui avoit donné les ſiens,
que tout le monde reconnoîtroit
aiſément, puiſqu'elle les avoit
toujours portés. Mais enfin après
bien des faux ſermens, elle ſe
radoucit un peu, quand la Princeſſe lui dit : Mais je ne vous les
de-

demande pas ces habits pour
rien , je compte vous les acheter. Le Prince pour lors lui jetta
fa bourfe, qu'elle ramaffa promptement, en difant , je vais voir
fi par hazard je ne me ferois pas
trompée. Avant que d'entrer
dans la maifon elle revint fur fes
pas , & demanda au Prince & à
la Princeffe, fi il étoit bien vrai
que la bourfe fût à elle ; non
contente de cette queftion , elle
les fit jurer l'un & l'autre, qu'ils
ne la lui demanderoient jamais ;
car , voyez-vous , leur dit-elle ,
vous êtes plus forts que moi,
& qui vous empêcheroit de reprendre votre argent , fi vous
étiez d'affez mauvaife foi pour
cela ? Ils lui jurerent tout ce
qu'elle voulut , & la Vieille rapporta une partie de ce qu'elle
avoit pris. Zaza s'étant habillée
dans

dans la maison de la Vieille, qui la gardoit à vûë, dans la crainte qu'elle ne lui emportât quelque chose, reparut aux yeux de son amant plus belle mille fois que tout ce qu'il avoit vû. Après une conversation ravissante, ils eurent besoin de manger; car malheureusement *on ne vit ni d'air, ni d'amour*; & ce fut alors que la Vieille recommença ses doléances. Nourrir, disoit-elle en pleurant, des gens de ce contentement-là. Mais quoiqu'elle en dit, comme le Prince n'avoit plus d'argent, & qu'il commençoit à se fâcher, la peur lui fit donner un morceau de pain & six pruneaux, qui lui coûterent chacun douze soupirs; l'on joignit à cela du lait de la belle Vache; & malgré le besoin, nos Amans mangerent peu; car l'avidité de leurs re-

regards & le contentement, rem-
pliſſoient toute leur ame; au milieu des ſermens & des plus tendres aſſurances, ils ſatisfaiſoient
leur curioſité réciproque. La
Princeſſe inſtruiſit le Prince de
tout ce qu'elle avoit éprouvé
chez la Fée du Hêtre , & ſon
récit fut long à cauſe de toutes les interruptions du Prince , qui tantôt déteſtoit ſon aveuglement , & tantôt demandoit
un pardon , qu'il falloit obtenir
avant que de laiſſer pourſuivre.
Quand la Princeſſe eut fini un
détail interreſſant par lui même,
& délicieux par tout ce qui l'a-
voit accompagné , le Prince lui
raconta que l'embarras où elle
l'avoit mis en lui découvrant ſes
ſentimens , la juſtice qu'il rendoit à ſon eſprit , & le déſir de
rencontrer un objet ſi néceſſaire

à

à ſon bonheur, l'avoient obligé
de partir; qu'il avoit parcouru,
comme un infenſé, pluſieurs
Royaumes, tantôt ſeul, tantôt
avec ſon équipage, toujours en-
tretenu par la Fée du Hêtre;
qu'il n'avoit point eu d'autre occupation que celle de s'informer
des beautés qui faiſoient du bruit
dans le monde; que ſes recherches avoient été inutiles; que
rien n'avoit répondu à l'idée que
ſon Portrait lui avoit donné des
graces & de la beauté, & qu'il
lui paroiſſoit toujours que l'on ne
parloit point aſſez d'aucune femme, pour lui perſuader que ce
pût être celle dont il étoit frappé; car, ajouta-t-il, les plus
grands éloges ſe réüniſſoient ſur
Zaza, à laquelle on me renvoyoit
d'une voix unanime; mais comme j'en avois jugé ſi différem-
ment,

ment , je difois toujours , je l'a-
voüe, quelle prévention ! & que
pourroit-on dire , fi l'on avoit vû
celle que je ne connois qu'en
peinture ? On ne parleroit pas
autrement. Enfin laffé, & plus
encore défefperé , je réfolus de
m'abandonner au hazard , & de
parcourir les Campagnes ; ces
déferts m'ont enchanté par leurs
beautés naturelles , & j'y confa-
cre ma vie, puifqu'enfin je vous ai
trouvée ; comment vous aime-
rai je , puifque j'ai tant aimé un
Portrait qui ne me fait plus de
plaifir depuis que je vous vois ?
Ce Portrait me flattoit trop pour
m'y reconnoître il y a un an ; aujourd'hui ma beauté le détruit,
reprit la Princeffe ; que de raifons pour m'allarmer ! Mais je
vois que mon cœur m'attache à
vous ; il eft plus fort que l'efprit

&

& la réflexion, n'y pensons plus.
Au reste, continua-t-elle, vous
sentez bien que nous ne pou-
vons demeurer ici, indépendamment de la bienséance, nous n'a-
vons aucuns secours. Le Prince
en convint aisément; & pour remédier à cet inconvénient, il lui
proposa d'aller chercher son é-
quipage pour les conduire chez
la Fée du Hêtre, lui déclarer
leurs avantures, & s'en rapporter à ses bontés. Dans cette résolution le Prince alloit partir,
lorsqu'ils virent arriver par les
airs deux petits Chars, l'un de
Jasmin, & l'autre de Chevre-
feüilles, qui les conduisirent chez
la Fée du Hêtre. Auparavant
leur départ, ils entendirent les
cris de la Vieille en voyant la
belle Vache s'évanoüir. Ils apprirent dans la suite qu'elle étoit
morte

morte de faim & de laſſitude; voulant toujours ramaſſer les piéces d'or que le Prince lui avoit données, & qui par une punition de la Fée, tomboient ſans ceſſe du ſac qui les renfermoit. La Fée du Hêtre fut au devant de ces deux Princes juſques ſur ſon Perron; elle les embraſſa mille fois, & leur dit: Cette leçon vous étoit néceſſaire, à vous, s'adreſſant à Zaza, pour vous guérir de votre orgüeil; & vous, de votre inconſtance & de votre vanité, dit elle au Prince. Alors le Roy Pêcheur, & la Reine Bergere arriverent avec Saradine; car la bonne Fée les avoit envoyé chercher: Saradine pardonna à la belle Zaza, qu'elle embraſſa mille fois. Plus elle la trouva embellie, plus il lui parut qu'elle avoit

trop

trop souffert. Elle lui rendit l'Isle
& l'Empire des Roses, en lui
promettant sa protection. Zaza
de son côté l'assura qu'elle la
mériteroit toujours. La Fée du
Hêtre dit au Roy & à la Reine
que leurs Sujets avoient fait périr le Tyran Bambou, & qu'on
les attendoit dans leur Royaume avec grande impatience ;
mais accoutumés à une vie simple & délicieuse, ils abdique-
rent avec joye en faveur de leur
beau Muguet. Les Fées se char-
gerent d'introduire les Princes
dans leurs beaux Royaumes,
qui par bonheur étoient voisins,
& de les établir sur le Trône : ce
qu'elles firent avec la plus grande
magnificence, après les avoir
comblés de tous les beaux présens qui remplissoient son Cabinet. Muguet & Zaza vécurent
heureux, car ils furent constans.

TOURLOU,
ET
RIRETTE.

CONTE.

IL y avoit une fois dans un Hameau un jeune Enfant, nommé Tourlou. Sa figure étoit agréable autant qu'intéressante, & son caractere étoit vif & animé.

Une jeune Fille, à peu près du même âge, brilloit dans le même Hameau, elle se nommoit Rirette. On ne peut être plus jolie qu'elle l'étoit ; sa douceur étoit imprimée sur son visage,

mais

mais cette douceur n'étoit mar-
quée que par tous les traits bril-
lans qui dénotent ordinairement la vivacité.

Tels étoient le petit Tourlou
& la jeune Rirette. Leurs Parens étoient séparés par ces vieilles inimitiés si communes dans
la tête des Vieillards, & qu'ils
conservent plus par habitude
que par raison.

Dès la plus tendre enfance,
Tourlou cherchoit Rirette, &
Rirette ne s'amusoit point quand
Tourlou ne l'avoit point rencon-
trée. Leur occupation étoit la
garde de leurs Troupeaux. C'est
un des premiers soins de l'humanité que les gens du monde,
même les plus ambitieux, ne
sçauroient imaginer sans le regretter.

Quoique jeunes, on leur confia donc de très bonne heure ce que leurs Parens avoient de plus cher, mais ce ne fut pas fans leur défendre de fe rencontrer. Ce ne fut point l'envie que la défenfe d'une chofe a toujours infpirée qui leur faifoit défirer de fe trouver ; leur penchant naturel les conduifoit toujours aux mêmes lieux, & fans avoir jamais éprouvé d'autres fenti-mens, ni connu la moindre dif-traction dans leur cœur ni dans leur efprit, l'amour dont ils ignoroient même le nom, n'a-voit point de plus vifs & de plus zélés Sujets que Tourlou & Ri-rette.

La Fée des Prés s'étoit inte-reffée à leur fortune dès leur plus tendre enfance, par le feul at-trait que les jolies phifionomies ont toujours infpiré. Plus ils croif-

croiſſoient en âge, plus ils habitoient les lieux de ſon Empire,
& chaque jour ils lui devenoient
plus chers. Les ſentimens de
cette bonne Fée étoient de la
nature de ceux qui aiment à donner des preuves effectives, ceux-
ci pour l'ordinaire ne ſont point
accompagnés de doutes. Elle
leur faiſoit toujours trouver, &
cela par hazard, ou dans le Hameau, ou dans les Prairies, ce
qu'ils pouvoient déſirer l'un pour
l'autre, car pour eux ils ne con-
noiſſoient point de déſirs per-
ſonnels. C'étoit aſſez que l'un
des deux eût fait la rencontre
des attentions de la Fée, pour
que l'autre à l'inſtant les parta-
geât; ils étoient donc récipro-
quement parés de tout ce qu'ils
s'étoient donné l'un à l'autre,
& de ce qu'ils avoient déſiré de

K 2 ſe

se donner. Indépendamment de ces petits présens, la Fée des Prés aimoit, comme je l'ai déja dit, à plaire & à obliger ; elle avoit donc toujours le soin de leur faire trouver, tantôt les meilleurs petits gâteaux du monde, tantôt des confitures, & très-communément des dragées, le tout pour leur collation.

Quand ils eurent atteint un certain âge, la bonne Fée voulut se faire connoître à eux. Un jour qu'ils prenoient le frais à l'ombre d'une haye vive & fleurie. Ils apperçurent une grande Dame vétuë de vert, & coëffée de fleurs simplement, mais avec graces. Ils virent qu'elle tournoit ses pas de leur côté ; ils se leverent en la saluant avec politesse dans le dessein de l'éviter, mais cette belle Dame les remit

mit de leur surprise & de leur
embarras par les propos doux
& flateurs dont elle accompa-
gna son abord ; elle leur dit qu'ils
étoient les plus jolis du monde,
qu'elle les aimoit depuis long-
tems, & que pour leur témoigner l'amitié qu'elle avoit pour
eux, c'étoit elle qui leur donnoit d'aussi bonnes collations que
celles qu'ils trouvoient tous les
jours, tantôt dans un endroit,
tantôt dans un autre. Mais pour
vous donner des preuves de ce
que je vous dis : Aujourd'hui, par
exemple, ajouta-t'elle, vous n'a-
vez rien trouvé, soyez toujours sa-
ges, aimez-vous bien, je vous apporte de quoi faire collation ;
pour lors elle leur donna un petit panier rempli de choses meilleures encore que toutes celles
qu'ils avoient mangé jusqu'alors.

Les

Les remercimens furent propor-
tionnés à la bonté des préfens.
La Fée les quitta quelques momens après en leur difant adieu,
& leur recommandant de ne parler d'elle que quand ils fe trouveroient tête à tête. Vous me
verrez fouvent, leur ajouta-t'elle ; mais fouvenez-vous que je
vous vois, quand même vous ne
me voyez pas. Cette vifite ne
fut pas la feule qu'elle leur rendit ; elle prenoit plaifir à les voir,
& s'occupoit du foin de former
à la vertu les cœurs du monde
les mieux nés. Elle voyoit avec
joye par la candeur & la fimplicité de leurs réponfes , ou par
celle de leurs demandes combien le naturel du cœur & de
l'efprit font aimables.

Plus cette fage Fée aima Tourlou & Rirette, plus elle voulut
orner

orner l'esprit de ces deux jolis
Eleves. Elle se servit habilement
des sentimens qu'ils avoient l'un
pour l'autre. Pour réüssir dans
ce projet, elle leur conta souvent de petites histoires qui toutes avoient un objet. Ils sentirent d'eux-mêmes que la lecture
& l'écriture sont d'un grand sou-
lagement dans les plus courtes
absences de ce que l'on aime. Le
sentiment donc leur apprit avec
une promptitude incroyable à
lire & écrire. Les premiers mots
qu'ils tracerent & qu'ils se donnerent à lire, furent ceux-ci:
Je vous aime. Tourlou écrivoit
de tous côtés le nom de Rirette,
& lisoit aussi de tous les côtés
son nom écrit de la main de sa
bien-aimée. La Musique & la
Poësie leur devinrent ensuite fa-
milieres. Ils n'eurent d'autre

K 4   Maître

Maître que l'auteur de leurs défirs. La peinture de la vie déli-
cieufe qu'ils paffoient dans l'in-
nocence ; l'hiftoire de leurs petits évenemens, & le détail de
leurs premiers amufemens, ont
été les premiers exemples, comme les premiers principes de l'E-
glogue, mais il s'en faut beaucoup qu'ils ayent été fouvent
imités. L'efprit a tout gâté dans
ce genre, en prenant la place de
la fimplicité du fentiment.

Rirette fut convaincuë par des
exemples qui ne trouverent rien
à combattre dans fon cœur, que
la fageffe & la vertu font né-
ceffaires à une jeune perfonne
de fon fexe ; & Tourlou lui-même, tout vif qu'il étoit en effet,
fut obligé de convenir que cette
même vertu eft un des plus forts
liens de l'amour.

Quand

Quand leur esprit fut bien
formé du côté des choses agréables & du côté des talens, la Fée
des Prés voulut exiger d'eux, &
les accoutumer à une legere attention, non pas pour elle, car
ils l'aimoient de tout leur cœur,
& quand on aime on est toujours attentif. J'exige, leur dit-
elle un jour à l'un & à l'autre,
que vous donniez vos soins à
une chose qui m'est chere : Vous
connoissez la Fontaine que j'appelle ma Favorite, & qui mérite
ce nom, soit par la fraîcheur,
soit par la clarté de ses eaux.
Promettez-moi que tous les matins avant que les rayons du
Soleil ayent pû l'échauffer, vous
aurez l'attention de la nétoyer,
& d'ôter les pierres & tout ce
qui pourroit troubler sa pureté :
j'attache à ce soin innocent une

K 5   preuve

preuve de votre amitié pour moi.
Sçachez de plus que le bonheur
de vous voir & celui de n'être
jamais féparés, dépend abfolument de l'exactitude avec laquelle vous remplirez l'engagement que vous prenez avec moi.
Pour témoigner leur reconnoiffance & l'amitié qu'ils reffen-
toient, & furtout pour n'être
jamais féparés, ils trouverent
qu'ils n'étoient pas chargés d'un
foin affez confidérable. Ils re-
préfenterent le peu de peine
qu'ils auroient à s'acquitter d'u-
ne chofe fi facile à exécuter,
& dont la récompenfe étoit fi
confidérable; mais la Fée n'exigea
que cette condition.

Pendant un très-long-tems la
Fontaine la plus propre fut fans
contredit la favorite. Nos Amans
s'envioient le bonheur de lui rendre

dre leurs premiers foins, & le plaifir d'avoir fatisfait l'un avant l'autre à la preuve de tous leurs fentimens ; mais l'excès de l'amour &
celui de la délicateffe ont fouvent
fait commettre bien des fautes.

Un matin que l'un & l'autre
avoient devancé l'Aurore , &
qu'elle découvroit dans le plus
beau jour du Printems toutes les
fleurs qu'elle venoit elle-même
de faire éclore , nos Amans enchantés de cet afpect, & qui fçavoient fi bien rapporter tout à
ce qu'ils aimoient , fe perfuade-
rent chacun de leur côté qu'ils
avoient affez de tems, l'un pour
cueillir un Bouquet , & l'autre
pour faire une Couronne à l'objet de fon amour. La multiplicité
des fleurs leur préfentoit de quoi
fe fatisfaire en un moment ; mais
le fentiment rend difficile pour

K 6   les

les chofes que l'on deftine à ce
que l'on aime; une fleur paroiffant
plus belle que celle que l'on venoit de cueillir avec joye comme
la plus rare de la Prairie; une autre
attirant la vûë par la nouveauté
ou par l'agrément de fon odeur.
A ce choix fi fimple en apparence, & qui ne devoit occuper
qu'un inftant, les momens s'en-
volerent, les rayons du Soleil les
avertirent de leur faute : ils coururent avec ardeur à la favorite,
ils la trouverent déja dorée par
l'aftre qu'ils étoient engagés par
ferment à prévenir. Ils arriverent précifément enfemble, mais
par différens chemins, & s'apperçurent qu'elle bouillonoit de
la maniere la plus effroyable.
Un grand fleuve terrible par fa
largeur & par fa grande rapidité, vint engloutir à leurs yeux la
fa-

favorite qui leur étoit si précisément recommandée. Le terrain
qui portoit nos deux Amans se
retira de chaque côté, & devint
le bord de ce fleuve redoutable,
dont la largeur permettoit à peine à la vûë, de distinguer l'objet
qui se trouvoit de l'autre côté.
Cet évenement se passa avec tant
de promptitude, que nos Amans
en faisant un cri de douleur,
n'eurent que le tems de se montrer la Couronne & le Bouquet;
un simple coup d'œil exprime
bien des choses quand le cœur
est attentif, & cette tendre ex-
clamation ne servit encore qu'à
redoubler leur malheur. Tourlou vingt fois se mit à la nâge
pour rejoindre, ou du moins,
pour revoir de plus près sa chere
Rirette; mais toujours une force
invincible le rapporta au bord
d'où

d'où il s'étoit élancé. Rirette trouva plusieurs batteaux, plusieurs arbres même que le fleuve entraînoit par sa rapidité ; mais les efforts qu'elle fit de son côté pour rejoindre son Amant, ne furent pas plus heureux que ceux qu'il avoit fait. Ils suivirent donc avec une peine infinie les bords de ce fleuve, dans l'espérance de pouvoir à la fin le traverser. Les nuits étoient terribles à passer ; mais la lumiere du jour leur ramenoit du moins le plaisir de s'appercevoir des montagnes, des rivieres qui venoient mêler leurs eaux à ce fleuve qui les séparoit ; enfin tout ce que la surface de la terre présente d'inégalités, leur causa non-seulement des fatigues infinies, mais les priva de la consolation qu'ils avoient en se voyant, quoique de bien loin,

loin. Ils suivirent le cours de ce
prodigieux fleuve pendant l'espa-
ce de plus de trois ans. Ils arriverent enfin au bord de la mer,
dans laquelle il venoit perdre
son orgueil & son nom. Cette
immense étenduë d'eau, leur
causa d'abord la surprise que le
premier aspect de cet élement
imprime à tous les hommes ;
mais après quelques réflexions,
ils ne douterent point que la Fée
mécontente ne leur présentât cet
objet pour terminer leur destinée ; & ne pouvant résister davantage à une séparation à laquelle ils se croyoient éternelle-
ment condamnés, ils se regarderent tous deux, se firent des
signes d'adieux inspirés par le
plus tendre amour, & tous deux
d'un commun accord, se préci-
piterent dans la mer.

La

La bonné Fée des Prez qui
les avoit toujours suivis, qui n'a-
voit pû s'accoutumer elle-même
à la solitude des lieux qui lui re-
traçoient à tous les momens les
Tableaux agréables de Tourlou
& de Rirette, & qui n'avoit jamais eu d'autre dessein que celui
de les rendre attentifs, ne souf-
frit pas que ni l'un ni l'autre,
tombât dans la mer : Elle les re-
tint donc en l'air ; & les posant
à côté l'un de l'autre sur le même sable, elle leur laissa quelque
tems le sensible plaisir de se retrouver. Elle fit plus, elle atten-
dit qu'ils eussent exprimé d'eux-
mêmes les regrets de leur désobéïssance, elle ne fit point la délicate mal à propos ; elle reçût
pour elle le chagrin de ce que
leur désobéïssance avoit fait souffrir à ce qu'ils aimoient. Quand
ils

ils eurent abondamment conté leurs plaisirs présens , & leurs peines passées , & qu'ils eurent eu le tems de faire quelques ré-flexions sur l'éloignement où ils se trouvoient de leur hameau , & sur l'embarras de leur retour, la bonne Fée parut au milieu d'eux : Ils tomberent à ses ge-noux , & lui d manderent tant de pardons, que la Fée des Prez en pleurant de tendresse, les re-leva , les embrassa tous deux , les assurant du pardon qu'elle leur accordoit : Elle leur promit en même tems de leur donner toujours des marques de son ami-tié. D'un coup de sa baguette, elle fit arriver son petit Carosse de Jonc vert, clouté & orné par-tout des Perles de l'Aurore du mois de May, qu'elle conservoit avec soin comme les plus rares ;

elle

elle fit placer Rirette à côté d'elle, & Tourlou se mit sur le devant : Elle ordonna à ses six Taupes à courte queuë de la mener chez elle ; en un quart d'heure au plus, elle se trouva dans les belles Prairies dont elle étoit la Fée, & nos Amans revirent avec transport les témoins de leur enfance & de leur amour. Tout muets que soient ces témoins, ils parlent aux Amans, ils sçavent les entretenir. La Fée avoit résolu de faire leur bonheur, ils n'en désiroient aucun que celui d'une éternelle union ; elle rétablit la paix dans les familles desunies ; & le jour qu'elle avoit destiné pour leur mariage, elle conduisit Tourlou & Rirette dans une petite Maison basse & bien bâtie ; elle étoit rustique, solide & propre. La
Fa-

Favorite qui avoit repris sa premiere forme, avoit reçû un ordre auquel elle avoit obéï, de
faire la clôture de la Maison &
du Verger ; enfin tout ce que
l'on pouvoit désirer pour les Maîtres & pour les Troupeaux, se
trouvoit dans ce séjour champêtre. La Fée les fit asseoir l'un &
l'autre à ses côtés, après qu'ils
eurent observé avec soin toutes
les recherches utiles de cette
agréable demeure; & comme la
bonne Fée aimoit un peu à ra-
conter, elle leur dit : Vous ne
pouvez douter par les marques
de mon pouvoir, & par celles
de mes bontés, que je ne sois
une Fée : J'ai trouvé dans nos
anciennes Annales un Conte que
je veux vous faire.

L'OY-

L'OYSEAU JAUNE.

Une Fée dont la conduite n'avoit pas été parfaitement réguliere, fut condamnée par le Conseil supérieur à souffrir la peine de soutenir pendant quelques années la métamorphose d'un animal dont on lui laissa le choix ; mais au même tems, on lui ordonna de faire la fortune de deux hommes au moment qu'elle reprendroit sa figure ordinaire ; pour mériter sa grace & satisfaire à ses engagemens : comme elle aimoit beaucoup le jaune, elle se transforma en un Oiseau jaune , dont la vivacité de la couleur & la beauté du corsage ne pouvoient se comparer à aucuns de ceux que les hommes ont jamais connus. Quand le

tems

tems auquel sa métamorphose devoit finir fut arrivé, le bel Oiseau vola près de Bagdad, & se laissa prendre par un Oyseleur au moment que Badi al Zaman * se promenoit auprès de sa superbe Maison de Campagne. Ce Badi al Zaman étoit regardé dans Bagdad comme l'homme le plus heureux & le plus aimable ; & pourquoi cela, parce qu'il étoit le plus riche : En effet ; ses richesses étoient innombrables, son Commerce lui avoit toujours réüssi, & ses heureux Vaisseaux sans nombre n'avoient jamais éprouvé ni naufrage, ni retardement. Son opulence étoit accompagnée des dégoûts qui la suivent toujours ; l'inquiétude, l'ennui, aussi-bien

* Ce mot veut dire en Arabe merveille du tems.

que

que l'humeur, n'abandonnoient
jamais un seul moment ce Heros
de Bagdad. Il étoit donc à la
Maison de Campagne qu'il avoit
fait bâtir pour se retirer, disoit-il,
du grand monde, & dont il avoit
fait dans ce dessein un Palais
que cent Maîtres pouvoient ha-
biter, & qu'ils habitoient en effet : Ennuyé de ses Jardins où
l'Art contraignoit à chaque instant la Nature, il se promenoit
dans la Campagne pour se dissi-
per. Le seul instinct le condui-
soit dans les lieux que le Philo-
sophe cherche avec goût. L'Oyseleur qui venoit de prendre
l'Oyseau jaune, l'apperçut ; &
trouvant l'occasion favorable de
lui présenter un Oyseau qu'il lui
avoit destiné du moment qu'il
en avoit fait la prise, il en eut
bientôt conclu le marché, d'autant

tant plus que Badi al Zaman, en considérant l'Oyseau, s'apperçut que ces mots étoient écrits sous son aîle droite : *Celui qui mangera ma tête sera Roy; & celui qui mangera mon cœur, aura tous les matins à son lever cent piéces d'or*, étoient écrits de la même écriture sous son aîle gauche : Badi al Zaman enchanté de cette nouvelle faveur de la fortune, résolut d'en profiter ; mais presque tous les gens riches ont encore le malheur de ne pas connoître la confiance. Dans le nombre prodigieux de ses valets, il n'en imagina pas un seul auquel il se pût livrer dans une occasion de cette importance. Il demanda donc à l'Oyseleur s'il étoit marié, il lui répondit que oüi. Eh bien, lui dit-il, allons chez toi; si ta femme veut me
faire

faire un ragoût tout simple de
cet Oiseau, je lui donnerai cent
pistoles, cet Oiseau me rendra
peut-être un appétit que j'ai
perdu depuis long-tems. L'Oiseleur charmé consentit à sa
proposition ; ils arriverent peu
de tems après dans la chaumie-
re de l'homme aux filets ; on tua
l'Oiseau, on le pluma, on fit la
fricassée, on servit ; mais quelle
devint la fureur de Badi al Zaman quand il ne trouva pas la
tête dans le plat, & qu'en cher-
chant le cœur de l'Oiseau pour
se consoler du moins de la perte
de la tête, il ne le trouva pas
non plus. La femme de l'Oiseleur se mit à ses genoux, & lui
confessa que pendant l'instant
qu'il étoit sorti de leur maison,
ses deux enfans l'avoient tant
tourmentée qu'elle avoit donné
à

à l'un la tête & à l'autre un morceau des entrailles, deux choses qui pour l'ordinaire ne se
mangeoient point. Badi al Zaman sortit plein de fureur en les
menaçant en géneral, & leurs
enfans en particulier, qu'ils ne
survivroient pas à sa fureur.
Tout homme riche est à redou-
ter, dans tous les Pays ses in-
justices pour l'ordinaire sont ré-
verées; l'Oiseleur & sa femme
jugerent qu'ils n'avoient point
d'autre parti à prendre que celui de faire éloigner leurs enfans, mais la femme pour consoler son mari, lui apprit qu'ils
ne devoient point en être inquiets; pour lors elle lui conta
quelles étoient les promesses de
l'Oiseau dont elle s'étoit apper-
çû en le plumant, & lui avoüa
qu'elle en avoit privé Badi al

Tome I. L Za-

Zaman, dans le deffein de faire la fortune de leurs enfans. Ils les embrafferent, leur donnerent ce qu'ils avoient pour fe mettre en chemin, leur recommanderent de s'éloigner & de fe féparer, & leur firent promettre de leur donner de leurs nouvelles. Pour eux ils demeurerent cachés & déguifés dans la Ville, & trouverent le moyen d'éviter la colere d'un homme riche & méchant, ce qui m'a toujours paru n'être pas mal adroit à eux. Badi al Zaman peu content de la fortune immenfe dont il joüiffoit, mourut de la douleur & du chagrin d'avoir manqué celle qui s'étoit préfentée à lui, & l'Oifeleur & fa femme revinrent dans leur maifon attendre des nouvelles de leurs enfans.

Le

Le cadet qui avoit mangé le cœur de l'Oiseau jaune, ne fut pas long-tems à s'appercevoir du trésor qu'il portoit avec lui ; car effectivement tous les matins à son réveil, il trouvoit la bourse de cent pieces d'or sous sa tête. Pour la consolation de ceux qui ne sont pas riches, rien au monde n'exige autant de conduite & de précautions que les richesses. Le vil amas d'un trésor fait non-seulement mépriser celui qui le conserve, mais encore il expose la vie de celui qui le possede ; la dissipation de ces mêmes richesses produit les mêmes inconvéniens, expose aux mêmes accidens. Le cadet de l'Oiseleur employa son revenu avec profusion, & fut soupçonné d'avoir un trésor inépuisable. Dans la vûë de ses richesse, on

L 2   at-

attenta sur sa vie, & si bien qu'il succomba. Son frere aîné, celui qui avoit mangé la tête de l'Oiseau Jaune, sans qu'il lui fût arrivé aucune avanture remarquable, arriva enfin dans une des grandes Villes de l'Asie. Il trouva tout en rumeur, l'on procedoit à l'Election d'un Emir, mais les Partis de ceux qui prétendoient à l'autorité étant divisés, tout le monde étoit unanimement demeuré d'accord que celui auquel il arriveroit quelque chose de singulier, seroit déclaré Emir, & cela sans aucun appel; notre jeune homme assez mal mis, encore plus mal monté, paré simplement de la figure qu'il avoit assez agréable, sentit tout-à-coup que quelque chose se posoit sur sa tête, & pour lors il vit que tout le monde avoit

les

les yeux tournés fur lui, & qu'à
l'étonnement qu'il remarqua
fuccedoient les acclamations. Un
pigeon blanc qui s'étoit pofé fur
fa tête étoit l'occafion des applaudiffemens qu'on lui donna,
il fut conduit au Palais, & re-
connu pour Emir, non, comme
on le peut croire, fans un grand
étonnement de fa part. Comme il
n'y a rien de fi doux que de commander aux autres, il n'y a rien
non plus à quoi on s'accoutume
plus aifément, mais l'agrément
d'une chofe n'en corrige pas
toujours la difficulté; le jeune
Emir commanda donc & gou-
verna, il fit des fautes de toutes
les efpeces, & ceux dont le parti
étoit puiffant avant fon Election, fe révolterent & le prive-
rent à la fois de la vie & de l'autorité. Châtiment qu'il méritoit

d'autant plus qu'il n'avoit pas voulu reconnoître l'Oiseleur & sa femme pour ses pere & mere, & qu'il les avoit laissés périr dans la misére. Cet homme riche, & ce Roy auroient peut-être été de fort bons Oiseleurs, peut-être même d'honnêtes gens, si l'ambition de leur mere ne les avoit pas fait changer d'état.

Je vous ai conté cette histoire, reprit alors la bonne Fée des Prés, pour vous dire, mon cher Tourlou & ma chere Rirette, que les présens que je vous fais de cette Maison rustique sont préferables à tous ceux que je pourrois vous faire. Promettez-moi de travailler à la culture de vos champs & à l'entretien de vos troupeaux, & tenez-moi parole plus que vous n'avez fait pour les soins de la Favorite ; ne vous

vous laissez accabler, ni par la négligence, ni par la paresse, & je vous promets que l'abondance des seuls biens à désirer ne vous manquera jamais. Je vous puis répondre que vous y réünirez la santé du corps, l'amusement de l'esprit & la constance du cœur.

Après cette courte harangue, la bonne Fée des Prés assembla tous les parens & tous les amis de Tourlou & de Rirette, & fit une Nôce comme au bon vieux tems. L'on coucha les Mariés à leur grande satisfaction. Ce fut à cette occasion que l'on chanta & que l'on fit les couplets de Tourlourirette, dont le refrein a passé jusqu'à nous. La seule preuve qui nous soit restée pendant un très-long-tems de cette véritable histoire.

L 4   Tour-

Tourlou & Rirette s'aimerent bien, suivirent exactement les conseils de la bonne Fée ; & ce qui est très-rare ils eurent beaucoup d'enfans, qui firent le bonheur de leur vie, & la consolation de leur vieillesse.

LA

LA PRINCESSE
PIMPRENELLE,
ET LE PRINCE
ROMARIN.

CONTE.

IL y avoit autrefois un Roy & une Reine qui vivoient, (quoiqu'il y a bien long-tems qu'ils soient morts) à peu près comme les Princes vivent aujourd'hui, c'est-à-dire, en suivant leurs goûts. Le Roi qui se nommoit Giroflée, aimoit beaucoup la chasse, cependant il étoit occupé des affaires de son Royaume tout autant qu'il le pouvoit

L 5   être.

être, & sans cesse il arrangeoit
& dérangeoit ses papiers.

Pour la Reine, elle avoit été
très-belle; mais comme elle aimoit beaucoup à l'être, elle étoit
persuadée qu'elle l'étoit encore,
quoiqu'elle eût plus de cinquante ans. Il est bien vrai que les
Princesses & les Filles de Théatre joignent également au privi-
lége d'être plus long-tems jeunes & belles, celui d'être trai-
tées comme telles plus long-tems
que toutes les autres femmes.
La Reine se nommoit Filigrane,
nom que le hazard lui avoit donné, & que l'on a crû depuis
être un sobriquet, tant elle étoit
seche & maigre; elle ne pensoit
qu'à imaginer des Fêtes, des Bals
& des Mascarades : enfin tout ce
que le luxe & la galanterie réünis ont inventé pour le divertissement

ſement des Cours. L'on peut s'i-
maginer comment un auſſi beau
Royaume étoit gouverné : auſſi
prenoit des Provinces qui vouloit, pourvû qu'on laiſſât des Forêts au Roy & des Violons à la
Reine, tous ces évenemens ne
faiſoient aucune impreſſion ſur
leur eſprit.

La Reine Filigrane & le Roy
Giroflée n'avoient eu de leur
mariage qu'une fille ; elle promettoit dès l'enfance une ſi grande beauté, qu'à quatre ans Filigrane en devint eſſentiellement
jalouſe ; & que prévoyant le tort
qu'elle pourroit faire un jour à
ſes appas, elle réſolut de la ſouſ-
traire aux yeux de toute la Cour.
Pour executer ce deſſein, elle
inventa quelque prédiction, quelque pauvreté, qui telle qu'elle
fût ne manqua pas d'être ap-

plau-

plaudie de tout ce qui l'environnoit, elle fit enclore ſur les bords
d'une petite riviere qui traver-
ſoit les jardins du Palais, un aſſez grand terrain, elle y fit bâtir
une petite maiſon, dans laquelle
elle renferma la charmante Pimprenelle (c'eſt le nom de la Princeſſe.) On lui donnoit par un
tour toutes les choſes néceſſaires
à la vie, & une muette étoit
chargée du ſoin de la ſervir. Un
Corps de garde placée à cinquante pas du tour avoit ordre
ſous peine de la vie de ne laiſſer
approcher qui que ce fût de la
maiſon, & cet ordre avoit été
exécuté dans tout ſon entier.
Pour la Reine, elle ne parloit
jamais qu'avec une fauſſe douleur des défauts qu'elle donnoit
liberalement à la pauvre Pimprenelle. Elle avoit ſi ſouvent ré-

peté

peté ces mauvais propos qu'elle
en avoit perſuadé tout le monde, & que l'on ne s'en formoit
d'autre idée que celle d'un
monſtre ſouſtrait avec raiſon aux
regards de la Cour.

Cette Cour etoit dans la ſituation que je viens de décrire,
& la Princeſſe pouvoit avoir
quinze ans, lorſque le Prince
Romarin âgé de dix-huit, plus
beau que le jour, & un tant ſoit
peu moins étourdi que ſon âge
ne le comportoit, y parut attiré
par le bruit des Fêtes & des plaiſirs dont Filigrane étoit ſans ceſſe
environnée : mais il eſt bon de
ſçavoir ce qu'étoit Romarin. Il
étoit fils d'un Roy & d'une Reine, qui peut-être ſont le commencement d'un autre Conte ;
les bonnes gens moururent preſ-
qu'en même tems. Ils laiſſerent
leur

leur Royaume à l'aîné de leurs
enfans, comme de raison; pour
Romarin leur cadet, celui dont
il s'agit, ils le laisserent par Tes-
tament à la Fée Melinette, afin
je crois, de n'avoir pas leur conf-
cience chargée de ne rien laisser
à cet aimable enfant. Il est conf-
tant qu'ils firent en cela une action d'esprit. Car Melinette étoit
auffi puissante que bonne. Elle
éleva donc le petit Prince avec
tous les soins imaginables, elle
lui apprit même quelques-uns
des secrets de la Féerie, & ne
négligea rien des connoissances
dont l'esprit d'un Prince devroit
être toujours orné; mais elle
avoit elle-même trop d'esprit,
pour ne pas sçavoir que tout
homme ne peut employer ses talens qu'autant qu'il est instruit
de l'usage du monde; elle sçavoit

voit encore que les meilleurs Princes font ceux qui ont été confondus avec les Sujets. Toutes ces confidérations engagerent Melinette à faire voyager Romarin, & à le laiſſer en un ſens maître d'une conduite à laquelle elle veillóit toujours inviſiblement. A propos d'inviſibilité, elle donna au Prince en le quittant une bague qui pouvoit le rendre inviſible en la mettant au doigt; ces bagues-là ſont fort commune, on en voit dans beaucoup d'autres Contes. Je crois que voici toute l'expoſition faite, & que le Lecteur ſçait à peu près quels ſont les gens à qui il va avoir à faire.

Romarin arriva donc à laCour de Filigranne, il fut l'objet de l'attention & de la coquetterie de toutes les Dames. Il fut préſenté

senté au Roy Giroflée qui le reçut à merveilles, il fut encore mieux reçû de Filigrane & de sa Cour, à laquelle il se livra avec cet air de galanterie, & cette coquetterie de l'esprit que l'on ne peut avoir qu'avec la liberté du cœur. Après quelque tems d'un séjour qui ne produisit rien qui mérite attention, Romarin entendit parler de Pimprenelle; mais comme les récits sont toujours excessifs, on la lui dépeignit d'une façon si hideuse, & en même tems si singuliere, qu'on excita en lui une curiosité qu'il ne déclara point, mais qu'il résolut de satisfaire. Il se souvint de sa bague. La petite vanité de se montrer avoit empêché jusqu'ici le Prince de s'en servir. Il s'en souvint donc, il résolut d'en faire usage, pour

juger

juger par lui-même de ce qu'on lui avoit dit & des effets qu'une solitude aussi complette auroit pû produire.

Il partit invisible, il traversa facilement la garde, & franchit le mur qui renfermoit la plus charmante créature du monde, il la voyoit, & il cherchoit encore le monstre qu'on lui avoit décrit, tant la prévention a d'empire sur notre esprit. Il s'apperçut enfin de son erreur, & la trouva belle comme la Rose du matin, parée des ornemens simples que la modestie & la coquetterie naturelles peuvent indiquer : sa parure ne dépendoit d'aucune mode, c'étoit la simple & la belle Nature tout ensemble. Romarin fut si frappé de tout ce qu'il remarqua que le trait de l'amour égala le coup de la foudre :

dre : & quoique dans le fonds il
fût un peu petit Maître & qu'il
en eût la confiance, il n'osa cependant cesser d'être invisible,
& se contenta d'admirer. Pimprenelle étoit assise au bord du
ruisseau qui traversoit sa retraite, elle étoit occupée du soin de
renoüer les plus beaux & les plus
longs cheveux que l'on puisse
imaginer. Après cette attention
personnelle, elle fut arroser
quelques fleurs ; la compassion
la porta ensuite à visiter un nid
d'Oiseaux pour soulager la mere
dans ses besoins, car en tout les
mouvemens de notre cœur se
déployent, & les plus petites
bagatelles nous en dévoilent les
replis, la douceur & la bonté de
Pimprenelle avoient séduit ce
qui composoit son Empire. Les
Oiseaux avoient eu jusqu'ici le
pou-

pouvoir de l'admirer ; elle les
avoit tous apprivoisés, ou plutôt
séduit ; elle s'étoit donc formée
une petite Cour, peu brillante à
la vérité ; mais cette Cour avoit
du moins auprès d'elle le mérite
de lui sacrifier une liberté con-
nue. Au moindre signe, au moindre mot ils arrivoient à elle pour
exécuter tous ses ordres ; enfin,
elle en étoit adorée : Romarin fut
quelque tems le témoin de ces
douces occupations ; ensuite il la
suivit dans son petit Apartement ;
la propreté y régnoit, la lecture, un des plus grands délasse-
mens qu'elle pût avoir, lui avoit
été d'un grand secours. Romarin
enchanté de tout ce qui prouvoit un esprit qui répondoit à la
beauté dont il étoit enchanté,
persista dans son invisibilité. La
timidité qui nâquit autrefois avec
l'a-

l'amour, est toujours une de ses
compagnes inséparables : Elle
l'empêcha donc non-seulement
de paroître aux yeux de la belle
& simple Pimprenelle ; mais elle
le contraignit encore de retourner au Palais, dans la crainte
que son absence ne donnât du
soupçon. Cette crainte est un
sentiment que je suis bien éloigné de blâmer ; mais souvent elle
a fait découvrir ce que l'on avoit
le plus d'envie de tenir caché.
Ce ne fut plus dès lors ce Romarin, qui n'ayant rien dans le
cœur, saisissoit avec esprit tout
ce qui se présentoit d'agréable
à dire ou à répondre ; ce fut
un homme distrait & rêveur ;
on peut croire que dans une
Cour aussi frivole que celle de
Filigrane, on ne fut pas long-
tems à s'appercevoir qu'il avoit
une

une paſſion dans le cœur. On
le plaiſanta, & ſon embarras
confirma ces ſoupçons, ſans
que l'on pût découvrir, quelque peine que l'on ſe donnât,
l'heureux objet qui avoit fait
une ſi belle conquête. Le Prince
occupé de la belle Pimprenelle,
ne ſe repentit point de ſa rete-
nuë, ſon cœur & ſon eſprit ap-
prouverent au contraire la délicateſſe qui l'avoit fait agir ; ils
applaudirent l'un & l'autre à une
timidité qui naît autant du bon
cœur que du veritable amour.
Il paſſa les premiers jours à ſatisfaire aux moindres deſirs de
la beauté qu'il adoroit, l'inno-
cence de ſon cœur, la droiture
& la juſteſſe de ſon eſprit ache-
verent de le charmer ; l'occupation d'une fleur, celle de l'aſſor-
timent d'une ſoye, le lien d'un
pannier

pannier de jonc, loin de le ré-
volter, l'attachoient par les plus
fortes chaînes : enfin plus les de-
firs de Pimprenelle étoient fim-
ples, plus les fentimens de Romarin étoient redoublés. Après
quelques jours d'un pareil examen, il conjura Melinette de l'entretenir par les fonges les plus
agréables. L'on peut croire qu'il
lui demanda, & qu'il obtint d'en
être le feul objet, & rien ne
l'engageoit alors à ne pas laiffer
voir fon aimable figure. Les idées
agréables dont il rempliffoit l'efprit, & peu à peu le cœur de la
belle Pimprenelle, lui firent en
peu de jours regarder le fom-
meil comme le fouverain de tous
les biens. Pimprenelle infenfi-
blement accoutumée par les fonges, fut plus en état de recevoir
les déclarations invifibles de Ro-
ma-

marin, qui satisfit alors à ses in-
nocens desirs avec plus de hardiesse ; tantôt il faisoit arriver à
elle la bagatelle dont elle étoit
éloignée & qu'elle desiroit ; ces
démarches lui causerent au commencement des mouvemens de
frayeur, dont la délicatesse de
l'Amant se désesperoit. Il lui fit
entendre quelques soupirs , ensuite il l'accoutuma à un son de
voix, que sa figure auroit bien
embelli. La solitude fait faire du
chemin en peu de tems. Pimprenelle vint à être sensible, quoiqu'elle ignorât encore & le nom
de l'Amour, & la figure de son
Amant. Tant de révolutions si
singulieres en elles-mêmes, auroient embarrassé des personnes
plus experimentées que notre
jeune beauté. Romarin lisoit avec
transport dans son cœur & dans
son

son esprit les effets de sa propre figure, quoiqu'elle ne la connût qu'en songe. Il remarquoit cependant en elle les troubles, les désirs, les agitations, enfin la tendre émotion que l'Amour seul peut causer. Pimprenelle désiroit de voir celui dont la conversation & l'obéissante attention faisoient une impression aussi agréable que séduisante sur son esprit; mais elle n'osoit avoüer à celui qui l'entretenoit, l'impression que la figure qu'elle avoit vû en songe, avoit fait sur son cœur; elle craignoit sans cesse de les trouver separés, & la curiosité, cette mere de tant de disgraces, la tourmentoit souvent. Romarin, lui disoit-elle un jour, je crois que je vous aime. Vos attentions me charment, elles flattent, il est vrai, ma vanité, &

votre

votre efprit me féduit. Vous m'aſſurez que vous n'êtes point difforme, je le veux croire ; mais ſi vous n'êtes pas fait comme ce que j'imagine, je ſens que je ne pourrai vous aimer. Il eſt un Dieu, lui répondit Romarin, que tous les hommes ſervent à la verité, mais que je ſers encore plus parfaitement que jamais on ne l'a ſervi. Ce Dieu ſe nomme Amour, vous le ſçavez, mes ſentimens vous en ont donné l'idée ; mais cet Amour a pour fille une autre Déeſſe, dont les attributs & les agrémens ſont à l'infini ; elle ſe nomme la Délicateſſe, & c'eſt elle qui m'empêche de me découvrir à vos yeux.

Mais cette Déeſſe vous aime-t'elle ? ajouta Pimprenelle. Que deviendrai-je, ſi cela eſt ? Que d'avantages elle a ſur moi ! Ces

témoignages de vos ſentimens
redoublent encore les miens, reprit avec ardeur le charmant
Romarin ; mais cette Déeſſe ne
doit vous cauſer aucune inquiétude, elle vous connoît, bien
loin de l'emporter ſur vous, elle
vous eſt ſoumiſe. Elle m'ordon-
ne tout ce que je fais pour
vous ; elle me reproche même
de n'en pas faire encore aſſez.
Mais elle vous défend de paroître à mes yeux, interrompit Pimprenelle avec vivacité, & vous
lui obéiſſez plutôt qu'à moi. Sa-
tisfaites encore pour quelque
rems à mon inviſibilité, lui dit
alors le tendre Romarin, croyez
qu'elle me coûte infiniment; mais
laiſſez moi vous plaire avec certitude; laiſſez-moi vous convain-
cre, par la ſeule vivacité de mes
ſentimens, d'une paſſion qui ne
veut

veut pas employer fur votre
cœur les effets de la figure. Toutes ces raifons parurent foibles,
Pimprenelle infifta , & la bague
tomba du doigt. Quelle joie
pour la Princeffe , de voir que
l'efprit & que le caractere qu'elle
aimoit, étoient réunis dans l'objet de tous fes fonges ! La Fée
Melinette étoit du tems paffé ;
elle croyoit la convenance des caracteres & les épreuves des fentimens neceffaires pour former
ce terrible nœud du mariage.
Elle s'apperçut donc avec plaifir
des fentimens vifs & purs qui
naiffoient dans le cœur de ces
aimables enfans.

Pendant que nos jeunes amans
livrés à toute la vivacité de leurs
cœurs, ne voyoient qu'eux fur la
terre, & qu'ils ne pouvoient concevoir la plus foible idée du mal-

M 2   heur

heur, ils étoient au moment d'é-
prouver ces troubles & ces chagrins , qui malgré l'austerité
& le sérieux des Philosophes,
sont les plus sensibles de la vie.
Pimprenelle étoit assise sur le
bord de son petit ruisseau, dans
la place que son Amant avoit occupée , le murmure de l'eau, le
mouvement de son cours, entraî-
nent malgré eux les Amans à la
rêverie , il n'est donc pas nécessaire de dire qu'elle pensoit à lui
de toute son ame. Quand en traversant les airs dans une bouffée
de vent pleine de poussiere &
de paille , le Genie Grumedan
l'apperçut. Une taille de Nim-
phe, ou plutôt de Déesse, des
yeux admirables d'un bleu fon-
cé, que des paupieres d'un noir
parfait rendoient encore plus
vifs , des cheveux qui descen-
doient

doient plus bas que la ceinture, un teint charmant, une bouche accompagnée de fourires & de graces, toutes ces beautés, dis-je, frapperent le Génie. Eh! qui n'en eût été faifi d'admiration! Il abbat fon vol tout auprès de Pimprenelle, il la regarde quelque tems, fon cœur s'enflamme, & les défirs augmentent; il reffentit quelques momens la honte de paroître en habit de chaffe; il eut quelque envie de demeurer invifible, mais une telle réfolution pour un Etre qui reffent de l'amour, ne fe peut foutenir que dans un cœur bien fait; car enfin, quel chagrin de n'ofer fe montrer fous fa propre figure, quand on éprouve une paffion fondée prefque toute entiere fur l'amour propre & la bonne opinion que l'on a de foi?

M 3   L'or-

L'orgüeil de Grumedan préva-
lut donc, il parut tout à coup
aux yeux de Pimprenelle, qui fit
un cri de frayeur & de surprise.
L'une & l'autre étoient fondées,
car il n'étoit pas beau ; & sa
grande taille rustique & grossie-
re, étoit l'image de son ame ; de
plus, il étoit borgne. L'on m'a
fort assuré qu'il avoit perdu son
œil droit il y avoit près de neuf
cens ans dans un combat singulier contre un de ses cousins, à
l'occasion de quelques bornages
de terres ; les Fées & les Génies
accommoderent l'affaire, les
combattans étoient demeurés
amis, & l'œil étoit demeuré
perdu. Il étoit donc borgne, un
peu begue, les cheveux crépus,
& les dents assez belles, mais
longues. Malgré le cri de la Princesse, qu'il n'attribua qu'à la surprise,

prise; il lui fit un compliment
très-long par lui-même, & de
plus allongé par sa difficulté naturelle de parler. Tel qu'il fut,
il s'en applaudit, & Pimprenelle
s'écria : Ah ! mon cher Romarin.
Grumedan lui répondit avec autant de vivacité qu'il lui fut possible : Vous en aurez, Madame,
cela n'est pas rare. Il est constant
qu'elle eût alors découvert le
secret de son cœur, si la bonne
Melinette, toujours attentive à
ce qui pouvoit intéresser son pu-
pille, ne fût accouruë. Elle se
rendit invisible, & prenant le son
de la voix de Romarin, elle lui
dit : Nous sommes exposés au
plus grand de tous les dangers ;
je ne suis allarmée que pour vous,
ma chere Pimprenelle, déguisez
vos sentimens, esperons en l'a-
mour, il ne nous abandonnera

M 4   pas.

pas. Melinette eut le tems de
dire tout bas ces mots, qui laif-
ferent Pimprenelle dans un trouble & une agitation extrême,
pendant que Grumedan, qui
étoit le plus grand preneur de
pied de la lettre que l'on ait jamais vû, conjuroit tous les ro-
marins de la contrée de venir à
fes ordres. Cette petite attention
toucha peu l'objet aimé ; elle le
pria très-froidement de vouloir
bien les renvoyer. Il le fit avec
affez de peine ; & comme il étoit
toujours content de tout ce qu'il
produifoit, il voulut affez info-
lemment prendre la main de
Pimprenelle, qu'il croyoit avoir
mérité de refte, par l'aveu de
l'amour qu'il venoit de déclarer,
& par l'attention qu'il avoit témoignée. Pour lors Melinette parut avec toute la fplendeur de la
Féerie.

Féerie. Arrête, Grumedan, arrête : cette Beauté est sous ma protection ; la moindre insolence te coûtera mille ans de captivité. Si tu peux obtenir le cœur de la belle Pimprenelle par les voyes honnêtes & convenables, je ne m'oppose point à tes démarches ; mais détrompes toi, si tu te flattes de pouvoir mettre à execution tes enlevemens, & enfin tes démarches ordinaires. Cette déclaration fut un coup terrible pour Grumedan ; mais il n'y avoit point de remede à apporter, il fallut donc tourner toutes ses idées du côté des attentions ; & quoiqu'il fût très-peu dans l'habitude d'en avoir, la Beauté qui l'avoit frappé étoit de celles ausquelles on ne peut se dispenser de tout sacrifier. Melinette bien certaine de la sauvegarde qu'elle avoit

M 5   éta-

établie , courut avertir Romarin
de tout ce qui ſe paſſoit. Au premier mot de Rival & de Génie ,
ſon cœur s'enflamma ; & ſans
Melinette , il eût été ſur le champ
ſe livrer à toutes les folies d'une
jeune tête ; heureuſement elle
ſçut le contenir. Elle lui repré-
ſenta l'autorité du Génie , & le
danger auquel ſa vivacité pouvoit même expoſer l'objet de
tous ſes vœux ; elle lui promit
que Grumedan n'entreprendroit
rien qui pût lui déplaire , pourvû qu'il fût toujours inviſible
quand il ſeroit auprès de Pimprenelle. Quand elle eut exigé ſa parole , elle lui dit que Grumedan étoit le Génie le plus ruf-
tre & le plus injuſte que l'on eût
jamais vû ; elle lui apprit encore que ſouvent il avoit été
puni de ſes injuſtices par le Conſeil

feil Souverain des Fées & des Génies; que tantôt il avoit été enfermé dans un arbre, pour n'en fortir que quand l'arbre feroit abbattu ou détruit par l'injure des tems; que d'autres fois il avoit été mis fous une groffe pierre au fond d'une riviere, fans pouvoir être délivré que par le dérangement de cette même pierre; enfin elle le mit au fait de cent punitions dont le détail feroit trop long, & qui n'avoient jamais pû l'amener à cette douceur fi recommandable à un Génie. Grumedan qui craignoit les menaces de Melinette, fut donc obligé de chercher à plaire, & d'imaginer des amufemens pour engager & féduire Pimprenelle: il ne douta point de la réuffite.

Pendant que la Fée contenoit Grumedan, elle avoit impofé au

M 6   Prince

Prince Romarin la dure néces-
sité de l'invisibilité , elle l'avoit
averti que de cet article dépendoit sa conservation ; mais elle
l'avoit assuré pour le consoler,
qu'attendu la stupidité du Génie,
il pourroit avoir la consolation de
voir & d'entretenir Pimprenelle
à tous les momens. Ce fut à
quoi l'un & l'autre ne manque-
rent point ; mais que fait une
défense en amour ? Elle empêche de joüir de ce qui nous est
accordé , & notre cruelle imagination n'est plus occupée que de
ce qui nous est défendu.

Grumedan & Romarin, celui-
ci sous le nom de Melinette, à
l'envi l'un de l'autre, donnoient
à tous momens des divertisse-
mens à l'objet de leur amour, &
cherchoient à lui prouver tous
les sentimens dont ils étoient
animés. Roma-

Romarin se servit d'abord de ces Oiseaux dont j'ai parlé, il leur fit à tous prononcer le nom de Pimprenelle ; il le leur fit chanter dès le matin ; & réglant avec soin les sons les plus heureux de leur gosier, tout l'air retentissoit à la fois du nom de la plus rare beauté, & tous chantoient l'amour discret & constant. Grumedan trouva que cette idée n'avoit rien de nouveau que les Oiseaux avoient toujours chanté depuis que le monde étoit monde, & que les Amans avoient tous entendu les Hôtes des bois ne parler que de l'objet de leur amour. Il avoit lû quelques Operas nouveaux pour le malheur de Pimprenelle ; & le peu de goût ou de présomption qu'il avoit, il l'avoit pris dans ces bons ouvrages ; il voulut donc

278 *La Princeſſe Pimprenelle*, donc faire éclore quelque choſe qui fût abſolument neuf ; car le nouveau dans le genre des amuſemens, a des charmes inconcevables ; tel qu'il ſoit , quand on peut dire, cela n'a pas encore paru , tout eſt dit , & la choſe doit être admirable. Il imagina fort agréablement de former un Concert qui n'eût jamais été entendu , & qui lui fit à lui un plaiſir infini. Ce fut la réünion de dix mille Grenouilles que ſon grand pouvoir raſſembla. Il leur inſpira le peu qu'il imaginoit de l'harmonie , & ce qu'il croyoit ſçavoir du goût du chant. Ce bruit affreux , ce croaſſement mille fois répété , lui cauſerent un contentement que je ne puis décrire. Il ne pouvoit cacher la ſatisfaction qu'il éprouvoit ; & tantôt ſur le choix des Concertans ,

tans, tantôt fur le tour nouveau des paroles, mais toujours d'un ton importun, il répéta mille fois fon propre éloge. Les paroles dont il faifoit tant de cas, lui avoient fait fuer fang & eau pour venir à bout de les produire, elles étoient cependant toutes des plus triviales ; les voici à peu près & telles qu'on me les a redites.

Adorable Pimprenelle
Toujours plus belle ,
Ah ! que vous allumez de feux
Dans mon cœur amoureux.

Un gros Génie tel que Grumedan, ne fçait point donner des bornes à fon amour propre, ni mettre une fin à ce dont il eft flatté. Le Concert fut donc auffi long qu'un Opera Italien l'eft
ordi-

ordinairement, c'est-à-dire, qu'il dura près de cinq grandes heures, sans qu'il y eût la moindre variété dans les paroles. Pimprenelle, comme on peut croire, en seroit morte d'ennui, & du Concert, & de la longueur des répétitions, si Romarin n'eût été présent. Il l'entretenoit avec ardeur pendant le tems que Grumedan étoit occupé à faire essouffler ses Grenouilles, auxquelles il ne donna pas le moindre relâche; l'on m'a fort assûré même qu'il périt un grand nombre des Concertans.

Romarin pour amuser la Princesse, se servit heureusement de la petite riviere dont j'ai parlé : Il fit paroître (à la vérité en petit) toute la Flotte de Cléopatre, précisément telle & tout aussi magnifique que l'histoire nous la dé-

dépeint. Tous les Vaiſſeaux avec les voiles de pourpre ſe découvrirent de loin en faiſant toutes les manœuvres de l'ancienne navigation. Sur le plus beau & le plus riche de ces Bâtimens, Cléopatre ſe diſtinguoit par ſa beauté ainſi que par ſa magnificence ; quand elle fut vis-à-vis de l'endroit où Pimprenelle étoit aſſiſe, tous les Vaiſſeaux ſe mirent en ligne ; & cette Reine ſi fiere débarqua, & vint préſenter à la Princeſſe cette ſuperbe Perle, dont il eſt tant parlé dans l'hiſtoire, en lui diſant : Vous êtes plus belle que je ne le fus jamais ; que mon exemple vous ſerve à faire un meilleur uſage de votre beauté. Pour lors elle ſe rembarqua, & toute ſa petite Flotte dont l'aſpect étoit charmant, pourſuivit ſa route, & fut apperçûë

çûë jusqu'à l'extrémité du petit Jardin de la Princesse. Grume-dan étoit présent à ce petit divertissement : Je ne trouve rien de joli, dit-il, à toutes ces petites figures, ce sont des Marionettes ; voilà bien des façons pour donner une Perle ; que ne dites-vous, Madame, que vous les aimez ; aussi-tôt il tira de sa poche un grand sifflet, & l'on vit à l'instant même l'eau de la petite riviere se grossir, & devenir toute bourbeuse ; dans un moment il parut plus de cent mille Huitres à écailles qui s'ouvrirent devant Pimprenelle, & dégorgerent toutes à ses pieds, qui plus, qui moins, de Perles, mais toutes admirables. Voilà des Perles cela, s'écria Grume-dan, il est réel qu'il y en eût assez pour sabler tout le Jardin.

Roma-

Romarin le lendemain construi-
fit tout à coup, pendant la pro-
menade de la Princesse, & lorsf-
qu'elle y pensoit le moins, un
Cabinet de verdure simplement
mêlé de fleurs, qui composoient
le Chiffre de Pimprenelle : Par
respect, plus que par la crainte
du Génie, il n'osa pas y joindre
le sien ; des siéges de mousse &
de gazon, des sources qui cou-
loient dans les angles & qui formoient un ornement naturel,
sans être asservis à une simétrie
exacte, & dont le murmure &
la fraîcheur étoient charmans,
rendoient ce séjour délicieux.
Le repas fut champêtre, mais
les fruits les plus rares & le plus
agréablement arrangés, en faisoient le principal ornement.
Quelques Musettes invisibles
chantoient l'amour, & ne se fai-
                            soient

ſoient entendre qu'à propos. Romarin liſoit ſi bien dans le cœur de Pimprenelle, qu'à la moindre apparence de longueur, toute la Muſique ceſſoit. Un Roſſignol des favoris de la Princeſſe, & qui réellement avoit la plus belle voix du monde, vola ſur le fruit, & chanta des Brunettes & des Chanſons à danſer. Eh! qui t'en a tant appris, mon cher Rigdi, lui dit Pimprenelle ? L'Oiſeau bien inſtruit, lui répondit tout ſimplement, c'eſt l'Amour. Grumedan eût de l'humeur pendant cette Fête, il la trouva plate ; il déclara que les Muſettes ne faiſoient pas aſſez de bruit ; il critiqua les Oiſeaux. Quoi, je verrai toujours des Oiſeaux? De plus, dit-il, qu'eſt-ce qu'une collation ſans vaiſſelle & ſans buffet? effectivement il en don-

na

na une le lendemain dans un
autre coin du Jardin. Il avoit
bâti pendant la nuit un cabinet
d'or maffif. Les Chiffres de la
Princeffe & du Génie n'étoient
point oubliés, car le dedans &
le dehors en étoient également
femés. Il avoit encore eu plus
de foin de ne pas oublier les buf-
fets; il y en avoit en effet deux
fi prodigieufement chargés de
richeffes & de chofes inutiles,
que l'œil ne les pouvoir regarder. Le repas fut compofé de
viandes chaudes, fervi fort pé-
famment; tout étoit de la vieille
cuifine. Grumedan mangea comme un diable, quoique Pimprenelle ne prît goût à rien. Au
fruit, dans lequel il n'y avoit
de remarquable que des affiet-
tes volantes de Diamans bril-
lantés, il dit: Pour de Chan-
teur

teur ni de Musique, vous n'en
aurez point, je n'aime point le
bruit que quand je le fais, mais
vos beautés n'en seront pas pour
cela moins bien célebrées. Pour
lors, avec un sourire campagnard,
il chanta les belles paroles qu'il
avoit fait pour le concert des
Grenoüilles : du moins il fit pour
cette fois grace de l'accompa-
gnement. Romarin dans l'envie
de varier les amusemens de Pimprenelle (il est vrai que c'étoit
la premiere & la seule de ses in-
tentions, la seconde pouvoit
bien avoir pour objet les ridicules dont Grumedan sçavoit
toujours se saisir quand on lui
présentoit une nouvelle idée,)
Romarin donc imagina de donner une Fête pendant la nuit,
& quoiqu'en eût dit Grumedan,
il se servit encore des Oiseaux,
mais

mais il employa tous ceux du
Pays, tant les grands que les
petits; il les chargea de lampions
diverſement coloriés, & ſuivant
les ordres qu'il leur donna, ils
partirent à la fois & lorſqu'on y
penſoit le moins, & ſe réüniſ-
ſant dans l'air ils formerent en
planant un Temple où tous les
Ordres ſe diſtinguoient à merveilles, de plus on y liſoit ſans
peine dans le fronton : *A la Di-
vine Pimprenelle.* Quand ce Temple eût été ſuffiſamment remarqué, tous les Oiſeaux ſe diviſe-
rent ſans ordre dans le Ciel qu'ils
remplirent d'une quantité infinie de lumieres très-agréables à
l'œil. Ils revinrent enſuite ſuivant les ordres qu'ils en avoient
reçû à differens points de réünion, & formerent un Bouquet
où toutes les fleurs étoient faciles

ciles à distinguer, soit par la
précision du trait, soit enfin par
les couleurs dont les lampions
étoient chargés. Pendant le tems
que le Bouquet parut, d'autres
Oiseaux qui ne pouvoient être
apperçus, parce qu'ils n'étoient
chargés d'aucune lumiere, ré-
pandoient dans l'air les Eaux
distilées des fleurs qui se dessi-
noient à l'œil, ce qui produisit
une pluye délicieuse, non-seulement pour le séjour de Pimprenelle, mais encore pour toute la
Ville attirée par un spectacle
aussi nouveau de tout point.

Grumedan étoit spectateur de
cette Fête, il l'avoit assez méprisée. Une jambe croisée sur
l'autre, le nez en l'air dans un
fauteüil, il ne put s'empêcher
de dire : Oh! pour des effets de
feu, si vous en voulez, belle
Pim-

Pimprenelle, vous n'avez qu'à parler, vous en verrez demain de ma façon.

Ce demain produifit une affemblée de toutes les exhalaifons que l'on appelle communément des feux folets, il leur fit faire l'exercice dans une grande plaine que Pimprenelle voyoit de fes fenêtres ; après que Grumedan eut bien dit cent fois : Cela eft joli, ma Princeffe, n'eft-ce pas ? tout-à-coup il fit fortir de terre un Volcan qui jetta feu & flammes & qui répandit des torrens de feu dans la plaine ; il orna cet agréable & galant fpectacle de quelques fecouffes de tremblement de terre. Le gros rire qui lui prit de la frayeur de tout le Peuple ne fe peut exprimer, il n'eft pas poffible non plus de répeter toutes les fotifes

Tome I.   N   qu'il

qu'il dit à ce sujet. Mais enfin,
continua-t'il, la Fête d'hier n'a
pas été terminée. Tous les feux
de l'Hôtel de Ville sont couron-
nés par un Bal, n'est-ce pas?
donc Melinette n'a rien entendu au divertissement qu'elle vous
a donné. A ces mots, il fit paroître le nombre de feux folets
nécessaire pour éclairer le Jardin
de la Princesse, & Grumedan
enchanté de son imagination
fit commencer un Bal formé par
tous les Ifs du Jardin. Il dura
pour son propre plaisir fort long-
tems même après le départ de
Pimprenelle qui s'étoit retirée
tout aussi-tôt que suivant les conseils de Melinette il lui avoit été
possible & honnête de le faire.

Voilà quels étoient à peu près
les amusemens que l'on donnoit
à Pimprenelle; la pauvre Princesse

cesse se désoloit de l'importunité
de Grumedan & du chagrin de
ne pas voir le beau Romarin,
qui de son côté sechoit sur pied
de la contrainte où le réduisoit
le plus gros des Génies. Personne enfin n'étoit content ; car
Grumedan, tout sot & tout gros-
sier qu'il étoit, étant amoureux,
voyoit bien qu'il importunoit, il
sentoit encore qu'il ne faisoit
aucun progrès dans le cœur de
Pimprenelle, & ce même amour
ne lui laissoit point ignorer que
tout ce qu'il voyoit étoit bien
vif & bien attentif pour n'être
que les marques d'amitié d'une
Fée aussi sage que Melinette. Il
devint donc jaloux, un peu tard
à la vérité, mais enfin il le devint. La jalousie, cette barbare
Déesse, ne se nourrit que de
sentimens, l'esprit ne lui est point

né-

néceſſaire, de plus elle reſſemble à l'amour pour trouver les moyens d'arriver à ſon but. Ceux qui ont reçû le plus d'eſprit en naiſſant ſont ſouvent ceux qui ſont la dupe des panneaux les plus groſſiers. Grumedan pour s'éclaircir des ſoupçons dont il étoit frappé, prétexta un départ pour des affaires de conſéquence. Il parut affligé d'être obligé de ſe ſéparer de Pimprenelle; enfin il fit des adieux qui furent très-bien reçûs. Quand on le crut bien éloigné, Romarin fut obligé de ceder à la douce violence que lui fit la Princeſſe de ceſſer d'être inviſible. A peine s'enyvroient-ils du plaiſir de ſe revoir & de celui de s'aimer, que Grumedan ſortit tout-à-coup d'une platte-bande du Jardin qu'il entr'ouvrit. La

vûë

vûë de Romarin autorifa fa ja-
loufie & fit naître fa fureur.
Quelle fatisfaction pour un homme brutal que de voir fa haïne
& fon humeur fondés; j'ai vû
quelques maris outrés de leurs
découvertes, éprouver cependant une forte de plaifir d'avoir
eu raifon. Grumedan leva fa
maffuë avec fureur, & donna un
coup dont il eut affommé Romarin. Pimprenelle ne douta
point que fon deffein n'eût été
exécuté, & tomba évanoüie.
Pour le Prince, il ne put échapper au trifte fort qui le mena-
çoit, que par les foins de Melinette qui fçut habilement le
fouftraire aux fureurs de Grumedan, & qui le tranfporta dans
fon Palais des nuës. Les foins
du Génie rappellerent Pimprenelle à la vie, quoiqu'avec bien

N 3

de

de la peine : mais que la connoiſſance qui lui revint fut dou-
loureuſe, & pour l'un & pour
l'autre : Pimprenelle ne voyant
point Romarin, après s'être ac-
cuſée elle-même du comble de
malheurs qu'elle éprouvoit, ne
déguiſa rien au Génie de la hai-
ne qu'elle lui portoit & de l'a-
mour qu'elle reſſentoit pour ſon
cher Romarin. Mille fois elle
eût attenté ſur ſes jours, mais
le Génie étoit trop attentif à
tous ſes mouvemens, pour qu'il
lui fût poſſible de rien entreprendre ſur ſa vie.

Mon cher Romarin, s'écrioit
douloureuſement Pimprenelle,
vous n'êtes plus, & mon trop
d'amour a cauſé votre malheur.
J'ai voulu vous voir, il vous en
a couté la vie, & pour comble
de maux, on me force à vous
ſur-

furvivre ; Grumedan fe glorifie
de votre mort, & je ne puis hélas douter de mon malheur ! fi
vous voyiez le jour, vous ne me
le laifferiez pas ignorer, mon
défefpoir vous perceroit le cœur,
vous que j'ai vû mille fois peiné
pour le mal le plus leger que je
reffentois. Votre délicateffe, votre parfait amour vous permet-
troient-ils de m'abandonner au
plus horrible des Génies. L'abfence de Melinette me prouve
encore plus mon malheur, elle
m'abandonne elle qui ne m'aimoit que par rapport à vous, je
fuis pour elle un objet odieux.
Que je vous pardonne bien, di-
vine Fée, de me détefter, je me
détefte moi même ! & pour me
punir plus long-tems, vous ne
voulez pas me donner la mort.
Ces propos étoient ceux que Pim-

pre-

prenelle répetoit ſans ceſſe, & la
Préſence de Grumedan en rendoit la vivacité plus éloquente.
Il a pû paroître juſqu'ici dans
cette véritable hiſtoire, que Grumedan étoit auſſi groſſier & auſſi
amoureux qu'il lui étoit poſſible
de l'être, par conſéquent la bru-
talité tenoit dans ſon cœur la
place que la délicateſſe occupoit
dans le cœur de Romarin. Le
Génie ſouffroit au commencement ces reproches avec une
ſorte d'impatience, mais enfin
il s'y accoutuma & forma le projet le plus digne de ſon caractere.
Vous faites mon malheur, petite
Pimprenelle, je ſuis déterminé
à faire le vôtre, n'en doutez
point, vous aimerez ou vous
n'aimerez plus votre colifichet
de Romarin, mais vous ſerez ma
femme, ſoyez de plus certaine
que

que vous ne mourrez pas. La
malheureuſe Pimprenelle n'ayant
qu'un évanoüiſſement à oppoſer
à ces paroles, perdit connoiſſance. Le Génie prolongea la durée
de cet évanoüiſſement juſqu'à
ſon retour. Il ſortit de la retraite
de Pimprenelle, & voulut faire
une entrée dans le Palais de Giroflée, digne du cas qu'il faiſoit
de lui-même. Tout lourd qu'il
étoit, il s'appéſantit encore, &
monta ſur un char fait en eſpece
de charette, les roües étoient
pleines & maſſives, & les bran-
cards étoient gros comme les
plus gros chênes, mais à la vérité toute la machine étoit d'or.
Il commanda quarante-huit
bœufs d'Auvergne les plus grands
& les plus forts que ce Pays ait
jamais produit. Ils paroiſſoient
ſuffire à peine pour le tirer, &

N 5 le

le char tout massif qu'il étoit, sembloit succomber sous son poids. Il étoit appuyé sur une massuë, & tenoit sur ses genoux avec une sorte de négligence un des plus grands Lions de l'Afrique, comme bien des hommes à Paris ont coutume de tenir de petits chiens dans leur carosse pour leur tenir compagnie. Cet Equipage parut à la porte de la Ville, & prit le chemin du Palais environ sur les sept heures du matin ; Giroflée étoit déja botté pour aller à la Chasse, pour Filigrane il s'en falloit bien qu'elle fût éveillée, à peine étoit-elle dans son premier sommeil, & qui que ce soit à la Cour, & le Roy moins que tout autre n'auroit osé la réveiller. Le Roy se crut obligé d'attendre la visite, & se débotta avec une peine extrême.

trême. La Ville étoit grande, ainfi la marche fut longue, d'autant plus que l'affluence du Peuple la retardoit à chaque pas. Quand les quarante huit bœufs eurent pris leur tournant dans la grande Cour du Palais, Grumedan cria d'une voix déja rauque naturellement, & dont il redoubloit encore le fon : Où eft-il donc, ce Roy, que je lui parle, qu'on appelle fa femme. Giroflée ne perdit pas un mot de ces paroles, elles lui parurent un peu rudes; mais ayant confulté fon Piqueur favori, qui dans le fond étoit un affez bon Diable, il prit le parti de defcendre de fon appartement & de venir lui-même voir ce qu'on lui vouloit. Quand il fut auprès de la voiture : Touchez-là, lui dit Grumedan, en lui tendant

la main ; touchez-là, Giroflée,
mon ami, me connoissez-vous?
non, dit le Roy, d'une voix assez embarassée. Je suis, dit-il, le
Génie Grumedan, je viens pour
faire votre fortune ; montons là-
haut, je vous parlerai. Pour lors
il mit pied à terre, il ordonna
aux bœufs de retourner à leurs
affaires, ils se détellerent d'eux-
mêmes, & plus légers que des
cerfs, ils s'enfuirent si promptement, qu'en un instant on les
perdit de vûë ; pour lors il donna
un coup de sa massuë sur son
char qui se convertit en un mon-
ceau de petite monnoye d'or qui
a eu bien-long-tems cours dans
le Royaume, & dont on voit
encore quelques-unes dans les
cabinets des Curieux. Je donne
cela, dit-il, pour boire à vos valets. Bref, il ne garda de son
Equi-

Equipage que le Lion dont j'ai
parlé. Les cris de tous ceux qui
s'étouffoient pour avoir des pieces d'or éveillerent la Reine,
elle sonna pour faire tirer sur
ceux qui lui portoient aussi peu
de respect; mais quand on lui dit
qu'il y avoit un Monsieur qui
demandoit à lui parler, elle crut
que tout le monde avoit perdu
l'esprit, d'autant plus qu'on lui
parloit tout à la fois de bœufs,
d'or, de massuë, de grand homme, de Lion; enfin toutes ses
Femmes vouloient conter chacune une particularité de ce
qu'elles n'avoient point vû & de
ce qu'on leur avoit confusément
conté. Pendant ce tems, le Roy
entretenoit le Génie & trouvoit
sa conversation fort à son gré.
Giroflée avoit inutilement demandé au Génie ce qui pouvoit
l'at-

l'attirer à sa Cour, mais il lui avoit toûjours répondu qu'il ne lui vouloit dire qu'en présence de la Reine. On étoit donc venu plusieurs fois la prier de passer chez le Roy, mais on ne pouvoit la déterminer à paroître; elle n'avoit point dormi, elle avoit la migraine. Comment oser se montrer, elle étoit faite comme un chien fou. Toutes ces minauderies ne toucherent point le Géant, il dit toujours qu'il étoit nécessaire qu'il l'entretînt, mais comme il avoit envie de lui plaire, il pria quelques Courtisans qui étoient debout dans la chambre de lui porter sa massuë, en la priant de vouloir bien la sentir, ce qui étoit, disoit-il, un remede éprouvé & souverain pour guérir la plus forte migraine. Ils furent obligés de la porter

ter à quatre. Les chofes extraor-
dinaires trouvent grace quelquefois auprès des Dames. Filigrane avec un air à la fois de
mépris & de complaifance, fe fit
approcher la maffuë ; elle la fentit, & fa migraine fut diffipée
fur le champ. L'on eft en doute
de fçavoir fi ce fut précifément
l'odeur de ce bois qui opera ce
miracle, ou bien s'il le faut attribuer à la vûë d'un grand nombre de parures qui tomberent
de la maffuë au moment que Filigrane s'en approcha : quoiqu'il
en foit, un prodige auffi agréable détermina la Reine, elle
paffa promptement fon manteau
Royal par deffus une robe à pei-
gner, elle coëffa fon vieux Dia-
dême de Diamans de Karat par
deffus fon bonnet de nuit, elle
mit promptement une taffe de
rouge

rouge sur chacune de ses joües, c'est à-dire depuis la paupiere jusqu'au plus bas du visage, & dans cet équipage se cachant encore le nez avec un grand évantail à cause du grand jour, elle arriva dans la salle du Trône en tenant toutes sortes de mauvais petits propos. Le Génie fut au devant d'elle plus poliment qu'à lui n'appartenoit. Il se plaça au milieu du Roy & de la Reine ; toute la Cour se retira par respect, & le Génie leur dit alors : Je m'appelle Grumedan, & je suis de la meilleure & de la plus ancienne maison des Génies, mon pouvoir est mille fois au dessus de ma force ; cependant un si grand nombre d'avantages que je réünis en moi ont succombé & n'ont pû résister aux charmes de Pimprenelle votre fille, je l'aime éper-

éperdüement; je fçais bien qu'elle ne m'aime point, mais je ne
puis vivre fans elle. Un certain
freluquet de Romarin que vous
avez connu, a fçû lui plaire, je
crois qu'il ne fera plus un obfta-
cle à mes défirs, vû la façon dont
je l'ai trâité il y a quelques jours.
C'eft le fils cadet d'un petit Roy
qui n'a pas feulement un mine
de cuivre dans fes Etats. Quoiqu'il en foit, j'en ai purgé le
monde. Vous croyez bien que fi
je le voulois abfolument, je n'ai
pas befoin de votre confente-
ment pour époufer votre fille,
mais il eft néceffaire que je l'ob-
tienne à caufe d'une certaine bé-
gueule de Melinette qui protégeoit le petit Romarin, & que
j'ai quelque raifon de ménager.
Filigrane & Giroflée redoutoient
également un gendre auffi terrible

ble que celui qui se proposoit ; cependant avec un air assez embaraslé, ils dirent au Génie que son alliance leur faisoit beaucoup d'honneur, mais qu'ils seroient bien aises de le connoître un peu davantage afin que leurs Sujets n'eussent point de reproches à leur faire de marier à un Génie qu'ils ne connoissoient point, l'héritiere présomptive de la Couronne. Grumedan leur répondit à cela : je veux bien vous accorder quelques jours pour faire connoissance avec moi; mais j'ai démêlé dans votre esprit que la crainte de perdre votre Royaume vous inquiétoit plus que ce que vous m'avez allegué ; allez, soyez tranquilles, je vous en donnerai soixante autres, si vous les aimez. En attendant, je vais envoyer chercher votre fille,

afin

afin que vous la déterminiez
vous-même à me donner la main.
A ces mots, il tira de sa poche
le grand siflet dont il s'étoit servi
pour appeller les Huitres (c'étoit
son instrument favori,) au bruit
qu'il fit, son grand Lion qui l'attendoit tranquillement à la porte de la ruë, arriva à ses pieds.
Il ne craignoit pas qu'on le lui
volât, car il avoit un colier à
ses Armes, sur lequel son nom
étoit écrit, ce qui joint à de petits grelots, rendoit sa parure
complette; Mirtil, lui dit-il, allez chercher la Princesse, ame-
nez-la bien doucement ici tout-
à-l'heure. A ces mots, Mirtil d'u-
ne course légere fut bien-tôt à
l'extremité des Jardins. Il se fit
jour à travers des troupes qui
gardoient la retraite de la Princesse. D'un coup de queuë, il
en-

enfonça la porte, & chargeant
la Princesse toujours évanoüie
sur son dos qu'il rendit Canapé
tout autant qu'il put, & tenant
les habits dans sa gueule, il revint en moins d'un demi quart-
d'heure dans la chambre du Trône où Grumedan, Giroflée &
Filigrane avoient une conversation dans le fonds assez triviale.
Ce fut un spectacle assez singulier que celui de voir arriver cette malheureuse Princesse qui rendoit ainsi sa premiere visite à ses
Parens. Grumedan lui fit alors
sentir le bout de sa massuë; à peine
eut-elle ouvert ses beaux yeux,
qu'en appercevant Grumedan,
elle fit un cri de douleur, & seroit infailliblement retombée
dans l'état dont elle sortoit sans
le secours du flacon de Grumedan, c'est-à-dire celui de sa massuë.

fuë. Les cris & les pleurs de Pimprenelle continuerent, malgré
les inconnus dont elle se voyoit
environnée, car les grandes douleurs ne ménagent quoi que ce
soit au monde. Filigrane, malgré
la douleur dont la Princesse sa
fille étoit accablée, fut outrée
de l'excessive beauté dont elle
lui parut à elle-même, avec un
faux air d'amitié & d'interêt qui
n'est que trop commun dans le
monde; elle proposa de l'emme-
ner dans son appartement & de
la faire mettre au lit pour la laisser reposer, promettant de plus
de lui parler de l'affaire dont
Grumedan venoit de les entretenir; mais c'étoit bien plutôt
pour se rendre maîtresse de sa
personne, & pour l'empêcher
d'être admirée de toute la Cour;
elle lui mit un grand mouchoir
sur

sur le visage, la prit par dessous
le bras & la conduisit elle-même
dans son appartement, elle fit
tendre un lit de camp dans sa
garde-robe, & ne voulut pas que
personne la servît, & sous le prétexte de la laisser reposer, elle
empêcha tout le monde de la
voir. Pour le Roy, il adressa la
parole au Génie, & lui dit : Nous
n'avons plus rien à faire ici d'aujourd'hui, voulez-vous que nous
allions à la Chasse, mon équipage est prêt, & j'ai connoissance d'un des plus gros Sangliers ;
le Génie accepta la proposition,
l'on équipa pour son usage tout
au plus vîte les plus grands chevaux de carosse de la petite Ecu-
rie, & nos gens partirent ensemble. Laissons-les chasser, prendre ou ne pas prendre, & revenons au beau Romarin.

Le

Le Lecteur se souvient de l'o-
bligation réelle qu'il eut à la
bonne Melinette quand le Génie
le surprit avec Pimprenelle. Elle
ne l'eut pas plutôt souftrait à la
fureur du Génie, que le mettant
sur son char, elle le conduisit
dans son Palais des Nuës, comme je l'ai déja dit, mais on ignore quel étoit ce Château. C'é-
toit une espece de retraite qu'elle
avoit fait bâtir, & qu'elle préferoit souvent à l'habitation de la
terre. Là elle n'étoit détournée
par aucun bruit, elle y travail-
loit, elle s'y reposoit, elle y faisoit enfin tout ce que bon lui
sembloit, le Palais étoit superbe;
& comme il étoit situé sur les
nuës les plus élevées, le Soleil
dont les rayons n'étoient jamais
obscurcis, y brilloit sans cesse
dans toute sa pureté. Ce fut donc
là

là que Melinette conduisit Romarin. Il ne fut sensible, comme on peut le croire, à aucune des beautés, non plus qu'à la singularité du Palais. Quoi, disoit-il sans cesse à Melinette, quoi, vous m'aimez, & je ne verrai plus Pimprenelle ! Quoi, vous me conservez la vie, & vous abandonnez une si rare Beauté à toutes les fureurs de Grumedan ! Rassurez-vous, mon cher Romarin, lui dit alors la bonne Melinette, tout étendu que peut être le pouvoir des Fées, il est, vous le sçavez, borné par quelques decrets du Destin. Croyez que tout ce que je pourrai faire pour vous, certainement je le mettrai à execution. Je vous laisse ici le maître, rien ne vous y peut manquer : mes Papillons & les Hirondelles mes favorites,

ont

ont ordre de n'obéir qu'à vous.
Adieu, je vous quitte ; que
mon amitié vous faffe efperer.
Romarin ne trouva point que
Melinette lui eût parlé d'un
ton affez pofitif ; il ne trouva
dans les mots de confolation
qu'elle lui avoit dit : que tout ce
qu'il falloit pour s'affliger ; car
la triftefle & le chagrin ont bien
de l'art pour fe nourrir. Il s'a-
bandonna donc à toutes les idées
les plus funeftes. D'abord que
la Fée l'eut quitté, il ne douta
point qu'il ne fût pour jamais fé-
paré de tout ce qu'il adoroit ; &
ne pouvant furvivre à fa douleur, il fe précipita mille fois,
mais en vain, des fenêtres les
plus hautes du Palais ; il s'élan-
ça du haut de toutes les terraf-
fes. Les nües avoient ordre de
veiller à fa confervation, elles

n'eurent garde d'être sans attention. Romarin bien convaincu
qu'il ne lui étoit pas possible d'at-
tenter à sa vie, donna cent fois
les épithetes de cruelle & de
barbare à Melinette; & trouvant
la clarté du Soleil trop brillante
pour la triste situation de son
cœur, il abandonna les appartemens les plus agréables & les
plus magnifiques, ce qui se voit
rarement dans les grands Palais
ornés & meublés avec le plus
de goût; il dédaigna, dis-je, ces
superbes lambris, & choisit pour
son habitation une des caves du
Palais, dans laquelle à la vérité
l'obscurité n'étoit point répan-
duë; mais ce n'étoit assurément
pas sa faute, si le jour le suivoit.
La clarté que l'on y voyoit, &
l'air que l'on y respiroit, imi-
toient les brouillards épais de
l'Hyver,

l'Hyver, je n'en puis donner une plus juſte idée, & ce fut là qu'il gémiſſoit à ſon gré, qu'il nommoit Pimprenelle, & qu'il appelloit ſans ceſſe la mort à ſon ſecours. Un jour que plus affligé que jamais, il penſoit à ſa triſte deſtinée, en ſe rappellant les beautés & l'eſprit de Pimprenelle, & qu'il ſe retraçoit le ſouvenir de ſon bonheur paſſé, il entendit chanter une voix qui ne lui étoit pas inconnuë. Le ſon de cette voix le frappa, moins encore cependant que les paroles & que le nom de Pimprenelle, c'étoit en effet un des couplets qu'il avoit fait pour ſon adorable Maitreſſe, il ſortit avec ardeur de ſa ſombre retraite. Au même inſtant le fidele & charmant Rigdi parut à lui. La joye de Romarin ne ſe

peut

peut concevoir. Le fidele Roſſignol lui apprit qu'une Hiron-
delle du Palais qu'il habitoit,
avoit prié devant lui une de ſes
Couſines de faire une commiſ-
ſion pour elle ; qu'il avoit entendu dans leur converſation que
Melinette avoit doublé le ſervice de ſon Palais pour la garde
du Prince Romarin ; qu'il avoit
donc appris le lieu de ſa demeure ; qu'il avoit eſperé d'en inſtruire Pimprenelle, & apporter
ce ſoulagement à ſes peines ; mais
que dans ce même moment elle
étoit évanoüie, & qu'elle avoit
été plus de vingt-quatre heures
ſans connoiſſance. Il apprit alors
au Prince tout ce qui s'étoit paſſé depuis ſon départ, & tout ce
qu'on a déja lû. Fondant en larmes à cet endroit de ſon récit,
il lui conta que toute évanoüie
qu'elle

qu'elle étoit, un grand Lion l'é-
toit venue enlever ; qu'il n'avoit
pû sçavoir ce qu'elle étoit devenuë, & qu'il avoit pris le parti
de venir pleurer, s'affliger &
mourir auprès de son cher Maître. L'arrivée de Rigdi avoit été
dans l'abord un des grands con-
tentemens que Romarin pût a-
voir, les nouvelles qu'il apporta
mirent le comble à ses malheurs.
Ses désirs de mourir redouble-
rent ; mais la douce conversation
de cet aimable Oiseau, étoit du
moins une consolation pour ce
malheureux Amant. Voilà quel
étoit au juste l'état de l'Habitant
du Palais des Nuës.

Il me semble que nous avons
laissé Grumedan & le Roy Giroflée allant à la Chasse de compagnie ; ils y furent en effet, le
Roy fort joliment monté, & le

O 3   Génie

Génie trottant sur un grand
Cheval de carosse, la Chasse
commença. Grumedan lâcha son
grand Lion Mirtil, & dans le
même instant le Sanglier fut ter-
rassé & mis en pieces. Le Roy
avoit beau crier : Vous ne chas-
sez pas dans les regles. Qu'im-
porte, disoit Grumedan, pourvû que je prenne. Les Piqueurs
levoient les épaules à de telles
façons d'agir & de parler, & le
Roy leur répondoit (quand Grumedan ne les regardoit pas) &
leur faisoit signe qu'il falloit pardonner quelque chose à un homme qui n'étoit pas encore au
fait, & qui n'étoit qu'à sa premiere chasse. Ils revinrent au
Palais, ils souperent, comme
font d'ordinaire tous les Chasseurs, sans parler d'autre chose
que de grandes Bêtes, de Chiens,
de

de Piqueurs, de Chevaux, &c.
Le Génie proposa pour le lendemain une Chasse à l'Ogre : Il
lui fut aisé d'en faire sentir l'u-
tilité ; & la nouveauté du divertissement piqua le goût de tous
les Chasseurs.

Malgré l'exactitude de ceux
qui m'ont donné des mémoires,
& le soin que j'ai eu d'en rassem-
bler, je suis obligé d'avoüer que
le détail de cette jolie partie
n'est pas venu jusqu'à moi ; je
sçais seulement qu'il y eût un
Page de l'Equipage qui fut mangé, & que l'Ogre qui fut couru,
n'en seroit pas demeuré en si
beau chemin, si Grumedan ne
l'eût assommé d'un coup de sa
massuë.

Après une aussi belle Chasse
que le fut celle-ci, le Génie de
retour au Palais, fut voir la
O 4 Reine

Reine pour la prier de se déterminer promptement, & d'engager Pimprenelle à suivre ses vo-
lontés. Il trouva Filigranne fort
adoucie en sa faveur ; l'ennui de
voir sa fille aussi belle qu'elle
étoit, avoit considérablement
avancé le mariage : Ils en donnerent les paroles à cette derniere entrevûë, & les articles
secrets furent que le Royaume
appartiendroit à Giroflée, & à
elle, pendant tout le cours de
leur vie, & que Pimprenelle ne
paroîtroit jamais dans aucun endroit où elle se trouveroit. Grumedan consentit à tout ; pour
achever de le contenter, on fixa
le jour des Noces au sur-lende-
main ; & pour donner quelque
certitude à l'engagement que
l'on prenoit, on ne trouva point
de parti plus doux que celui de
donner

donner à la pauvre Princesse le choix de l'Epoux, ou celui d'une coupe empoisonnée, qui seroit sur l'Autel dressé pour le mariage. Cette nouvelle n'effraya point Pimprenelle. Quelques Gens de la Cour qui s'imaginent toujours que l'on ne peut se déterminer à la mort, attribuerent la gayeté avec laquelle elle reçût cette nouvelle à la platte joye des filles quand on les marie.

Grumedan pour témoigner le contentement qu'il éprouvoit, sçachant que Filigrane aimoit les Fêtes, résolut de lui en donner une à elle & à toute la Cour. Il prit jour pour le lendemain, veille de ses Noces ; on ignoroit absolument quel seroit le divertissement, car le Génie n'avoit consulté personne ; il n'avoit pas voulu que sa production pût être

O 5 soup-

322 *La Princesse Pimprenelle,*
soupçonnée, l'effet du plus léger
avis. On arriva dans la Salle des
Spectacles au moment qu'il en
donna la permiſſion ; quand on
fut placé, & que la toile fut levée, on vit avec une ſorte de
ſurpriſe le Théâtre fermé par de
gros barreaux de fer, qui laiſ-
ſoient cependant aſſez d'eſpace
pour diſtinguer & pour voir le
jeu des Acteurs. Quel fut l'étonnement de toute l'Aſſemblée,
quand on vit paroître de grands
Ours, qui marchant ſur les pieds
de derriere, vinrent réciter une
Paſtorale avec des habillemens
& des parures tels qu'on les voit
à l'Opéra ? On peut juger que le
deſſus qui chantoit les premiers
rôles de Bergere, étoit une terrible baſſe-taille. Tout étoit com-
plet, quant au nombre, & les
Chœurs étoient aſſurément bien
rem-

remplis. Le premier Acte fut exécuté assez tranquillement de la part des Acteurs ; mais pour les Spectateurs, il est réel qu'ils ne sçavoient où se mettre. Le Balet qui suivit l'Acte, fut même assez agréable, car il fut exécuté par de grands Singes très-sçavans & très-adroits. La suite ne fut pas tout à fait aussi-bien représentée : Il y avoit dans la parole une Scéne de rivalité, les Ours prirent la chose au personel, & le combat à mort commença dès ce moment : Il fut d'autant plus terrible, que les Chœurs prirent parti, & que presque tous les Musiciens périrent ; pour lors on fit grand cas des Grilles dont on s'étoit moqué en arrivant.

Il n'y a rien de si commun dans le monde, que de voir des

O 6   gens

gens qui non-ſeulement font des
ſottiſes, mais encore qui les ſou-
tiennent après les avoir fait ſans
en vouloir démordre. Grumedan
étoit de ce nombre, il ſoutint
toujours que c'étoit par une réflexion auſſi fine que judicieuſe,
qu'il avoit choiſi des Ours pour
repréſenter ſon Divertiſſement.
Si j'avois connu, diſoit-il, un
animal auſſi propre au Théâtre,
puiſqu'il marche ſur les pieds de
derriere, & plus méchant que
l'Ours, je l'aurois certainement
préféré. Eh bien, dit-il, ils ſe
ſont pris de querelle, eela eſt
naturel, & ce n'eſt pas ma faute. Toutes ces pauvretés & pluſieurs autres, que par pitié pour
le Lecteur je paſſe ſous ſilence,
furent écoutées; elles furent même applaudies, parce que le Génie au lieu de fruits & de glaces,
avoit

avoit fait fervir à toute la Cour
des baffins immenfes de grandes
Piéces d'or , & des Corbeilles
remplies de Diamans ; l'on m'a
fort affuré qu'il ne retourna rien
aux Offices.

Le lendemain de cette belle
Fête , jour deftiné pour le mariage, Pimprenelle fut conduite
dans la Salle du Trône : Elle
marchoit au milieu de Giroflée
& de Filigrane , qui fe pinçoit
très-inutilement les lévres à deffein de fe les rendre rouges , &
qui grimaçoit tout de fon mieux ,
outrée des applaudiffemens que
la Princeffe s'attiroit. Quand ils
furent arrivés au milieu de la
Salle, Grumedan parut avec une
perruque à toupet , une bourfe énorme, un plus grand nœud
de cravatte ; vêtu d'une pluye
d'argent , & tout farci de cou-

leur

leur de rofes, tel enfin, ou à peu près, que nous voyons que les Etrangers s'habillent à leur arrivée à Paris, moitié fur leur goût, moitié fur la perfide parole de leurs Tailleurs. Il étoit triomphant, & ne pouvoit s'imaginer que l'on pût préferer la mort à lui. Ce fut cependant ce qui lui arriva ; car après l'alternative propofée, Pimprenelle faififfant la coupe avec avidité, & levant fes beaux yeux au ciel, s'écria d'une voix qui tira les larmes des yeux de tous les Spectateurs : O mon cher Romarin, que je m'eftime heureufe de perdre une vie que je ne puis paffer avec vous ! Au moment qu'elle avalloit la trop fatale coupe, les fenêtres du Palais s'ouvrirent, & Melinette parut ébloüiffante de gloire, montée fur le nüage

le

le plus brillant du ciel ; Romarin beau comme le jour, lui fervoit d'Ecuyer. Toute la Cour demeura furprife, & même un peu éblouïe : Pimprenelle apperçut fon Amant, laiffa tomber la coupe, & courut à lui. Grumedan voulut fe mettre en défenfe d'abord qu'il vit paroître Melinette ; mais la Fée paffant du côté de fon mauvais œil (car on doit fe fouvenir qu'il étoit borgne, quoique fon ferment favori fût celui de dire toujours : *Par mes yeux* ;) la Fée, dis-je, le prenant par un de fes fourcils, qu'il avoit très-bien fournis, l'éleva au milieu de la Salle, & le fit gambiller quelque tems pour marquer fa fuperiorité ; pour lors elle le toucha de fa baguette, & l'enferma pour mille ans dans la boule d'un chandelier de

Criftal

Criftal. Reçois le prix , lui dit-
elle , & de ta férocité , & du mépris que tu as fait de moi. Pour
lors elle maria nos Amans auf-
quels elle donna avec raifon , le
Royaume à gouverner ; car Giroflée & Filigrane , à parler
vrai , ne gouvernoient prefque
plus. La générofité des nouveaux
mariés qui ne vouloient point
accepter le Royaume , ne put
réfifter aux ordres de Melinette ;
on donna au Roy & à la Reine
dans leur retraite , tout ce qui
pouvoit convenir à leurs goûts.
Pimprenelle & Romarin déclare-
rent le fidele Rigdi, leur premier
Miniftre. Ils furent adorés de
leurs Sujets , ils eurent des enfans très-aimables ; l'on dit qu'ils
s'aimerent toujours, & qu'ils furent parfaitement heureux du
côté des fentimens : Je le veux
croire. LES

LES DONS.

CONTE.

LA Fée des Fleurs habitoit un Palais, & tenoit une Cour au milieu des Fontaines & des Jardins. Trianon & Marly ne font que d'informes copies de ce délicieux féjour. Les lieux que nous avons ornés & choifis, peignent ordinairement notre caractere; ainfi tout l'agrément de la Nature raffemblé dans cette aimable retraite, donnoit une idée de tous ceux de cette aimable Fée. Les charmes de fa Societé ne fe peuvent exprimer,

mais

mais les qualités de son cœur les égaloient pour le moins ; non-seulement elle secouroit les malheureux, mais elle se plaisoit à aller au-devant de leurs besoins, & leur laissoit ignorer à qui ils en étoient redevables. Il lui suffisoit d'obliger. Sa Cour étoit composée de jeunes Princes & de jeunes Princesses (car elle aimoit beaucoup les enfans.) Elle les élevoit depuis leur tendre jeunesse, ou bien elle les faisoit venir auprès d'elle ; à treize ans pour un sexe, à seize pour l'autre. Elle les doüoit ordinairement du don qu'ils désiroient obtenir ; c'étoit ainsi que la Fée des Fleurs composoit sa Cour, & vivoit dans les véritables délices du cœur & de l'esprit : Bien différente en ce point des autres Fées, qui n'ont pas toujours connu

connu le plaisir d'obliger, le seul qui puisse faire supporter l'autorité quand on est sage.

Sans entrer dans le détail de toutes les belles éducations qu'elle avoit faites, je ne parlerai que de Silvie qu'elle aimoit autant qu'elle méritoit de l'être. Son enfance étoit naïve, son caractere étoit vif, mais il étoit docile : Ces présens de la Nature firent naître & nourrir son amitié pour cet aimable Enfant. Quand Silvie fut parvenuë à l'âge auquel la Fée distribuoit ses dons, elle voulut lui faire connoître par elle-même, & sans l'avertir de son dessein, plusieurs des Princesses qu'elle avoit doüées, afin qu'elle pût décider plus sainement du choix qu'elle avoit à faire. Je veux, lui dit-elle, ma chere Silvie, que vous alliez

alliez paſſer quelque tems avec des Princeſſes que j'ai doüées de différens dons. Elles vous recevront bien, n'ayez aucune inquiétude; tout ce que vous avez à faire, c'eſt de me rendre compte à votre retour de l'impreſſion que leur caractere aura fait ſur vous. Silvie promit à la bonne Fée d'exécuter ſes ordres, & de bien obéir à la Gouvernante qu'elle lui donna, & la quitta avec beaucoup de regret. Elle fut deux mois abſente; au bout de ce tems, la Fée lui renvoya le même Equipage de Papillons qui l'avoit conduite hors de ſa Cour, & Silvie retrouva la bonne Fée des Fleurs avec un contentement infini : Elle répondit à toutes les queſtions qu'elle lui fit, & la remercia de toutes les bontés dont

elle

elle avoit été accablée à fa con-
fidération : La Fée lui ayant demandé un détail plus exact de
fon voyage , voici quelle fut
à peu près la réponfe de Silvie.

Vous m'avez envoyé , Mada-
me , à la Cour d'Iris , j'ai appris
par d'autres femmes que c'eft
vous qui l'avez doüée de la
beauté : Elle fe loüe à tous les
momens de vos bontés , mais
jamais elle n'en a fait le détail ;
il faut lui pardonner , on n'aime
point à devoir fa beauté à perfonne , du moins on n'en fait
point l'aveu. J'ai remarqué que
cette beauté que vous lui avez
donnée , & qui m'a paru éblouïf-
fante , lui ôtoit abfolument l'uf-
fage de fon efprit ; qu'en fe
montrant , & qu'en fe laiffant
voir , elle croyoit avoir tout
fait. Quelque tems après mon
arri-

vée à sa Cour, il lui est survenu
une maladie ; la crainte que sa
beauté n'en fût dérangée, a
rendu son mal peut-être plus
considérable qu'il ne l'eût été :
elle a résisté aux attaques de la
maladie la plus violente ; mais
son retour à la vie m'a paru le
comble du malheur, puisqu'en
effet, cette beauté dont elle
étoit si contente, s'est évanoüie
au point de ne pouvoir se souffrir elle-même : Elle est enfin
dans un si grand désespoir, que
vous m'en voyez toute atten-
drie, & que je vous conjure d'a-
voir pitié d'elle : Je lui ai promis de vous représenter son
malheur ; il est d'autant plus
grand, ajouta-t-elle, que j'ai eu
le tems de l'entretenir, & que
j'ai remarqué que les propos que
la beauté qui étoit en elle, rendoit

doit supportables , & quelquefois même agréables , ne peuvent plus se soutenir : Ils ne
vont point enfin avec la laideur ;
elle le sent , elle en convient
elle-même ; & son esprit qu'elle
n'a jamais occupé jusqu'ici , est
continuellement agité de sa douleur , sans pouvoir être capa-
ble d'aucune autre chose. Jugez
donc , grande Fée , continua
l'aimable Silvie , si quelqu'un
dans la Nature , a plus de besoin d'éprouver vos bontés que
la malheureuse Iris. Je suis contente de vos réflexions , lui répondit la Fée ; mais je ne puis
la secourir , mon pouvoir est
borné , & je ne puis doüer qu'u-
ne fois.

Après quelque tems de séjour
dans le délicieux Palais de la Fée,
elle voulut que la jeune Silvie la
quittât ,

quittât, & le voulut pour les mêmes motifs, les mêmes chagrins
furent témoignés & reſſentis ;
mais d'abord que les Papillons furent attelés, la jeune Silvie fut
tranſportée avec ſa Gouvernante
dans un autre Royaume , c'é-
toit celui qu'habitoit la Princeſſe
Daphné ; Silvie trouva le moyen
de donner un Billet au premier
Papillon qu'elle rencontra pour
le porter à la Fée, ce qu'il fit en
effet. Par ce Billet, elle la conjuroit de ne la pas laiſſer plus
long-tems abſente, il n'y avoit
cependant pas encore quinze
jours qu'elle étoit partie du Palais des Fleurs ; la Fée lui accor-
da ſa demande & la fit revenir:
Silvie pour ſatisfaire à ſon devoir, & pour ſoulager ſon cœur,
s'écria : Ah ! Madame , où m'a-
vez-vous envoyée cette fois-ci?
chez

chez une de celles qui m'a demandé le Don de l'Eloquence,
lui répondit la Fée. Que l'Eloquence fied mal à une femme,
reprit Silvie avec vivacité ; il eſt
vrai que la Princeſſe Daphné
parle en beaux termes, que ſes
mots ſont juſtes & qu'ils ſont
bien choiſis, mais elle ne déparle
point ; elle commence toujours
par charmer, & finit par en-
nuyer ; elle aime plus que tout,
l'aſſemblée de ſon Conſeil, car
il lui fournit mille occaſions pour
parler, que rien ne peut interrompre ; auſſi préfere-t'elle ce
devoir de la Royauté à tous les
autres : mais ce qu'il y a de plus
étonnant, c'eſt qu'au ſortir du
Conſeil, elle n'en eſt que plus
fraîche pour toutes les conver-
ſations qui ſe préſentent. La Fée
des Fleurs vit bien que Silvie

Tome I. P étoit

étoit fuffifamment dégoutée de l'Eloquence ; elle lui donna le tems de fe remettre de la fatigue qu'elle venoit d'éprouver, & malgré toutes les inftances qu'elle pût faire pour ne plus voyager, la jeune Silvie fut obligée d'obéïr encore une fois. La même voiture la conduifit chez Silvanire , elle habita plus de trois mois la Cour de cette Princeffe. Quand la Fée imagina fon retour néceffaire, elle l'en avertit , & Silvie revint auprès d'elle avec le contentement qui nous rapproche de ceux pour lefquels nous avons une véritable & tendre amitié.

La Fée curieufe à fon ordinaire, voulut examiner les impreffions que Silvie avoit reçûë d'une Princeffe auffi aimable que Silvanire, & qu'elle avoit doüée du

du Don de plaire : voici quelle
fut la réponſe de ſa jeune Eleve.

Il m'a paru dans les commencemens de mon abſence, que
Silvanire étoit la Princeſſe de la
Terre la plus heureuſe, ornée
par vos bontés de ce beau Don
de plaire, paré de l'éclat de la
jeuneſſe. Quelle mortelle, diſois-
je, peut être plus heureuſe ſur
la Terre ? mille Amans empreſ-
ſés autour d'elle, préviennent
à chaque inſtant ſes plus foibles
déſirs ; les Fêtes, la galanterie,
les ſacrifices, l'oubli de toute la
Terre, enfin tout ce qui peut fla-
ter l'amour propre lui eſt ſans
ceſſe offert. J'ai commencé par
être perſuadée que j'obtiendrois
de vos bontés un pareil Don.
Quoi ? vous ne comptez pas me
le demander, reprit la Fée ? Non,
Madame, en verité, ajouta Sil-

vie, & voici les raisons qui m'en empêchent. Séduite donc au commencement par les apparences de la situation de Silvanire, j'ai trouvé tous ces Amans l'espece la plus agréable de l'humanité, il m'a paru que l'autorité que Silvanire avoit sur eux étoit le comble de la félicité; mais après avoir fait une plus grande connoissance avec la Princesse, j'ai vû que son bonheur n'étoit point réel, que son cœur n'étoit pas satisfait, & que les dissipations de l'amour propre n'étoient pas suffisantes pour occuper son cœur; j'ai compris que Silvanire abusoit du Don de plaire, & que ce qu'elle pratiquoit étoit la coquetterie pour laquelle vous m'avez inspiré tant d'horreur; non contente des découvertes que j'ai faites par l'examen-

xamen de Silvanire, j'ai suivi
les impreſſions que ſes procedés
avoient faites ſur ceux qui lui
étoient le plus vivement attachés, j'ai vû que peu à peu leur
flamme ſe rallentiſſoit, que les
bontés, les attentions, les agaceries qu'elle étoit obligée de
faire pour entretenir leur paſſion
ne faiſoient plus ſur eux aucune
impreſſion, qu'ils ceſſoient d'en
être flatés, & qu'en remarquant
que toutes ces choſes étoient
generales, ils étoient honteux
d'en avoir été les dupes, & que
ſouvent le mépris étoit leur dernier ſentiment.

Je ſuis contente de vos réflexions, lui dit la Fée des Fleurs,
joüiſſez du repos de mes Jardins
& des charmes réels de la vie
que l'on mene ici. Silvie reçut
ces ordres avec ſatisfaction, mais

P 3 tout

tout ce qu'elle avoit vû & qui ne l'avoit pas contentée, l'embarraſſoit extrêmement, car elle ne pouvoit ſe déterminer à la demande qu'elle avoit à faire.

Au bout d'un certain tems, la Fée voulut encore qu'elle s'éloignât, & la docilité de Silvie fut obligée d'y ſouſcrire; même départ, même voiture, mêmes adieux, mêmes regrets, ſemblable retour & ſemblables plaiſirs de la part de Silvie en retrouvant l'aimable Fée. Pareilles queſtions de ſa part, auxquelles voici la réponſe de Silvie.

J'ai été reçuë, comme vous l'euſſiez été vous-même, par Aglaé, chez laquelle vous m'avez envoyé. Elle a mis en uſage cette vivacité dont vous l'avez doüée. Tout ce que le brillant de l'eſprit & celui de l'imagination peuvent avoir

avoir de féduifant, Aglaé me l'a
montré prefque en un moment:
cette envie de me plaire étoit fondée fur l'obligation qu'elle vous
conferve : mon amour propre en
a cependant pris une partie pour
lui. J'ai été éblouïe , je l'avouë,
de la façon enjouée avec laquelle elle fçait occuper toute fa
Cour , & ce Don de vos bontés
m'a paru éviter tous les incon-
veniens des autres , dont vous
avez voulu que j'aye jugé par
moi-même. Pendant huit jours je
n'ai pas imaginé que je puffe défirer autre chofe , & cet agrément m'a paru un des plus effen-
tiels pour la focieté : cependant
un plus long examen d'un tel
caractere , m'engage à ne vous
le point demander. Et quelles
raifons avez-vous pour exclure
ce Don de ceux que je peux
vous

vous accorder , lui demanda la Fée? J'ai remarqué, lui répondit Silvie , que cette extrême vivacité a pour la focieté les mêmes défauts que la coquetterie a pour le fentiment, c'eft-à-dire, que ni l'un ni l'autre ne peuvent donner une fatisfaction pleine & entiere ; de plus , je me fuis accoutumée peu à peu à cette vivacité, elle a ceffé de me furprendre, enfuite elle m'a dégoutée, parce que j'ai remarqué que fouvent pour l'entretenir , on difoit des chofes trop à la legere , qui par confequent devenoient dangereufes; & je me fuis enfin apperçuë que cette même vivacité avoit fouvent befoin du fecours de l'intrigue pour fe foutenir, & plus fouvent encore de celui des tracafferies; & qu'enfin la vivacité employoit tout fans

admettre

admettre aucune diſtinction. La
Fée ne contredit point aux ſages
réflexions de Silvie , elle leur
donna des éloges, & s'applaudit
elle-même de la bonne éducation qu'elle lui avoit donnée.

Mais quand le tems de la doüer
fut venu , & que la Fée eut con-
voqué pour aſſiſter à cette ſolem-
nité , toute la jeune aſſemblée ,
au milieu de laquelle elle aimoit
à ſe trouver , Silvie lui demanda *un Eſprit pareſſeux* , & l'obtint.

Ce caractere eſt divin , il conduit ordinairement à la tendreſ-
ſe & à tous les agrémens de la
vie dans tous les âges.

Ce ne fut point par amour propre, comme mille autres , que
Silvie ne demanda point la beauté , indépendamment de l'exemple d'Iris , qui l'en avoit dégoutée.

tée. Elle réunissoit la gentillesse à la beauté ; elle étoit faite de façon que lorsque ses attraits étoient dérangés par quelque incommodité , ou par quelque chagrin , ce que l'on pouvoit dire de plus fort en parlant de son changement , se réduisoit à dire : Silvie est bien belle aujourd'hui , j'en suis inquiet : & quand au contraire la joye & la bonne santé régnoient en elle , les graces & la gentillesse produisoient le plus joli de tous les visages.

Silvie jouit donc pleinement du Don de la Fée, & de la sagesse du souhait qu'elle a formé.

Fin du Tome premier.

www.ingramcontent.com/pod-product-compliance
Lightning Source LLC
Chambersburg PA
CBHW070303030726
47505CB00004B/896